市川拓司
Ichikawa Takuji

現在，很想見你

いま、会いにゆきます

王蘊潔◎譯

【推薦文】

也許，這就是我們深信不移的幸福。

吳佩慈

阿格衣布星球上到底有多少令我思念的人？從剛過世五個月的奶奶，到家人心中高貴、甜美的小公主（過世的愛犬芭比），甚至是永遠不朽的偶像——奧黛莉赫本？大家都會在平靜、安靜、而有一個巨大圖書館的地方，等著和不曾忘記他們的人再度相遇嗎？

人生如果知道了會怎麼發展，又該如何抉擇去度過呢？心中現在因爲看完這本書後脹得滿滿的感情，愛、心酸和思念，又該如何找到出口？這樣絕對的愛，或許並非肉眼所能看見的有形東西，但彼此深愛對方，然後永遠相愛下去，就會是幸福的信念，卻將愛所存的意義做了最美好的表達。

我也在以相同的模式追求愛嗎？眞的會有那麼深刻卻又完美的愛嗎？小巧和澪的愛令我有點羨慕又有點嫉妒，也或許這就是我們所深信不疑的幸福吧！

1

澪去世的時候，我曾經這麼想：

創造我們這個星球的某個人，是不是在宇宙的某個地方，也創造了另一顆星球？

那裡是往生的人居住的星球。

那個星球叫阿格衣布星。

『阿格布衣？』

佑司問道。

不是，是阿格衣布星。

『阿格布衣？』

阿格衣布。

『阿格，』佑司頓了一下，又繼續說：『布衣嗎？』

唉，算了。

那裡，有一個巨大的圖書館，很安靜，很乾淨，一切井然有序。

那裡也很寬敞，連接建築物之間的走廊，根本看不到盡頭。

離開我們星球的人，都在那裡過著平靜的生活。

說起來，那個星球就好像是我們的內心。

『什麼意思？』

佑司問道。

澪去世的時候，那些親戚不是都這麼說嗎？媽媽永遠活在佑司的心裡。

『嗯。』

所以，活在全世界所有人心裡的人，全都生活在那個星球上。

只要某人思念某個往生的人，那個往生的人就可以一直生活在那個星球上。

『但如果那某人忘記他了呢？』

嗯，那他就必須離開那個星球了。

這次，是眞的『永別了』。

最後一晚，大家都會聚在一起開派對，爲他送行。

『會吃蛋糕嗎？』

嗯，當然要吃蛋糕。

『會吃鮭魚卵嗎？』

對，也有鮭魚卵（佑司最喜歡吃鮭魚卵）。

『還有——』

你不用擔心，那裡什麼都有。

『吉姆．波坦也在那個星球上嗎？』

爲什麼？

『因爲我知道吉姆．波坦啊。他不就是「在我心裡」嗎？』

對，對（昨天晚上，我唸了《火車頭大旅行》❶給他聽），我想，他應該也在那裡。

『那，愛瑪呢？愛瑪也在那裡嗎？』

愛瑪不在。

那裡只有人。

『哦～』佑司答道。

吉姆．波坦在那裡，夢夢❷也在那裡。

小紅帽在那裡，安妮．法蘭克❸也在那裡，希特勒和赫斯❹應該也在那裡。

亞里斯多德在那裡，牛頓也在那裡。

『他們在那裡做什麼？』

大家都過著平靜的生活。

『就這樣而已嗎？』

嗯，我想，大家應該有想些什麼吧？

『想什麼呢？』

一些很複雜的問題。需要好長時間，才能找到答案的問題。所以，即使去了那個星球後，也一直在思考。

『媽媽也在想複雜的問題嗎？』

不，媽媽想的是佑司。

『眞的嗎？』

眞的。

所以，佑司也永遠都不能忘記媽媽。

『我才不會忘記。』

但是，你還那麼小。只和媽媽一起生活了五年而已。

『對。』

所以，我要告訴你很多事。

告訴你媽媽是怎樣的一個女孩子。

是怎麼遇到爸爸的，媽媽和爸爸又是怎麼結婚的。

然後，當佑司出生時，媽媽又有多麼高興。

『好。』

我希望你永遠都記在心裡。

爲了讓爸爸去那個星球時，可以和媽媽相見，你一定要把媽媽牢牢地記在心裡。

懂了嗎？

『什麼？』

算了，沒什麼。

譯註❶《火車頭大旅行》是德國兒童文學大師麥克・安迪（Michael Ende，1929-1995）的作品，敘述主人翁吉姆・波坦和火車頭愛瑪的冒險故事。

譯註❷夢夢是麥克・安迪的另一部作品《夢夢》（Momo）的主人翁。

譯註❸安妮・法蘭克（Anne Frank）是《安妮的日記（The Diary of Anne Frank）》的作者，是一個十三歲的猶太女孩，第二次大戰期間，在納粹的統治下，被迫放棄自由，和家人躲在荷蘭的秘密小屋，並記錄下自己短暫的生命。

譯註❹赫斯（Rodolf Hess），第二次世界大戰期間德國納粹黨領袖，也是希特勒的副手。

2

『準備好出門去學校了嗎？』

『什麼？』

『準備上學啊。名牌有沒有帶？』

『啊？』

他的耳朵為什麼這麼不靈光？霮活著的時候，他可從來沒這樣過。是不是精神上出了什麼問題？

『快來不及了，要出門了。』

我拉著半夢半醒的佑司的手走出公寓，然後，把他交給等在樓梯口的登校班⑤班長，目送他離去。佑司走在六年級的班長旁邊，看起來就像幼兒一樣。雖然他已經六歲了，但個頭太小了。他好像完全忘記長大了。

從背後看起來，佑司的脖頸就像仙鶴那樣細細白白的。黃色帽子下露出的頭髮，有著宛如加了奶精的印度紅茶般的顏色。

幾年之後，這頭像英格蘭王子般的頭髮就會變粗，變成一頭鬈曲的天生鬈髮。

這也是我曾經經歷過的。這些都是青春期大量分泌的化學物質的傑作。到那個時候，佑司就會長大，甚至會長得比我還高。然後，遇見一個和他母親十分神似的少女，墜入愛河，如果順利的話，就可以複製一個帶有一半自己基因的兒女。

從遙遠的太古時代開始，人們就是這樣延續生命的（大部分生物也是如此延續生命），只要這個星球繼續轉動，就會一直持續下去。

我騎著停在樓梯口的老爺腳踏車，用力踩腳踏板，騎向上班的代書事務所。只有五分鐘的距離。我不喜歡坐車，我很感謝可以找到一份離家這麼近的工作。

我在這個事務所已經工作了八年。

八年，絕不是短暫的歲月。可以讓人經歷——結婚、生子，然後妻子從這個星球去了另一個星球——這些事。

而且，這一切也眞的發生了。我成爲一個帶著六歲兒子的二十九歲單親爸爸。

事務所的所長對我很好。

八年前，就已經是一位老人的所長，現在仍然是位老人，想必他到死都會繼續是一位老人。我無法想像不是老人的所長會是什麼樣子。我也搞不清楚他現在到底幾歲了。我只知道，他絕對已經超過八十了。

所長看起來就像脖子下面掛了一個酒桶的大白熊犬。只不過垂在所長脖子下方的是他的雙下巴。不僅安靜、敦厚的個性很像，似睡似醒的惺忪雙眼也很相像。

即使眞的是一頭年邁的大白熊犬代替所長坐在裡面的辦公桌旁，我可能也不會發現。

澪去世時，原本就很怯懦的我變得更怯懦了，幾乎快無力呼吸了。

好長一段時間，我都無心工作，對事務所造成了很大的困擾。所長卻沒有找新人來替補我，耐心地等待我重新振作起來。我希望儘可能不要讓佑司放學回家後獨自在家，所長就答應讓我每天四點就下班回家。雖然薪水變少了，我卻獲得了金錢無法買到的寶貴時光。

雖然我聽說其他城鎮有學童保育制度，但這裡並沒有這麼貼心的制度。

所以，我對所長心存感激。

到達事務所後，我向比我先到的永瀨小姐打招呼。

『妳早。』

她也向我道安。

『你早。』

在我進事務所時，她已經在這裡了。聽說她高中畢業後就直接進了這家事務所，也就是說，她現在已經二十六歲了。

她的個性內斂含蓄，做事認眞，長相也很文靜，的確表裡如一。

當她和那些自我主張強烈的女孩子相處時，到底有沒有她的容身之地？有時候，我眞的會爲她捏一把冷汗。

她會不會被那些人用手肘推開，用腳踹開，不知不覺中，就被推到了世界的盡頭？

所長還沒有來。

最近，他來事務所上班的時間越來越晚了。但我不認爲和他走路速度變慢有什麼關係。

所以，有好長一段時間，事務所裡就只有我們兩個人。員工已經全員到齊，但從事務所的工作量來看，這樣的人數也足夠了。

我坐在自己的位置上，先看了一眼貼在留言板上的便條紙。像是『兩點去銀行』，或者『去客戶那裡拿資料』，還有『去法務局！』，上面的字歪七扭八的，十分潦草，這是昨天的我給今天的我的留言。

我的記憶力很差，所以，我習慣記下自己的待辦事項。

我有各種障礙，記憶力差只是其中的一項。歸根究柢，就是製造我的設計圖上出了差錯。

只有一個地方出了差錯。

問題應該就出在塗上修正液，再用原子筆重新修改的那個地方。當然，這只是打個比方，但我覺得實際情況應該也八九不離十。

雖然我不知道到底是設計圖上的字沒寫好，還是修正液下面的字滲了出來，我只知道我腦袋裡某種極其重要的化學物質胡亂分泌，導致了極其混亂的狀況。所以，常常讓我莫名其妙地激動起來，或是因爲莫名其妙的事感到不安；想要忘的事永遠都忘不了，不可以忘記的事卻忘得一乾二淨。

這給我帶來很大的不便。行動會受到限制，也很疲憊。工作上常常出差錯，更容易讓別人看輕。

在別人眼中，我是個無能的人。我不會向每個人解釋，都是我腦袋裡的化學物質惹的禍。太麻煩了，對方也未必能夠理解。況且，從結果來看，我的確很無能。

所長是個寬宏大量的人，即使我這樣，他也願意僱用我，沒有開除我。永瀨小姐每次都不露痕跡地幫我擦屁股。

每每令我由衷地感謝。

在事務所內處理完書寫工作後，我把資料裝進公事包便外出了。我猛踩腳踏車，騎向法務局。

我沒有汽車駕照。大二的時候曾經去學過開車，但連臨時駕照❻的考試也無法通過。

在考駕照的幾個月前，我才第一次知道自己的腦子出了問題。隨著開關『啪』地一聲，閥門彈開了，衝破了我的液位計（level gauge）。所以，在考駕照時，我正處於混亂的漩渦。或許，我應該爲自己可以走到臨時駕照這一步鼓掌喝采。

那天，教官坐在我的旁邊。我一坐在駕駛座上，那種化學物質就開始拚命衝向我的血液，讓我產生極度不安，無法維持必須的注意力。不安在內心漸漸擴大，就像骨牌效應一樣，變得好大好大。

就像是等比級數的增加，那份不安眞的在我內心無限擴大。

我就像快要死了一樣。

我眞的以爲我會死翹翹。

那段日子，這種想法會在一天之內出現好幾十次（即使現在，一天也會有好幾次）。

於是，就中止考試。之後，又名落孫山了兩次，我終於死心斷念了。

中午，我會坐在公園的長椅上吃自己動手做的便當。在拮据的生活中，不必要的開支能省則省。

況且，我每次吃便利商店的便當都會拉肚子。某種添加物即使別人吃了毫無反應，對我卻是致命傷。

我體內的感應器比一般人敏感幾十倍。我對溫度、濕度和氣壓的變化也很敏感。所以，我手上戴著一個附有氣壓感應器的腕錶，以便隨時做好充分的心理準備。

颱風時，更會令我嚇到不行。

我常常深有感觸地想，大家爲什麼會那麼強壯。有時候，我甚至覺得自己就像那種脆弱得快要瀕臨絕種的小型草食動物。

《保育類動植物紅皮書》（Red Data Book）上的某一頁，可能記載著我的名字。

下午，我會去拜訪幾個客戶，然後再回到事務所。

外出時，我一定會隨身攜帶便條紙。在拜訪過的客戶名字上劃上×的記號，確認還剩下幾個客戶。否則，我常常會去拜訪同一個客戶兩次，路過該去的客戶門前時，反而視而不見地過門而不入。

然後，我把客戶拿給我的資料交給永瀨小姐，處理完幾項事務工作後，我就可以下班了。但仍然沒看到所長的身影。

我向永瀨小姐道聲『明天見』，走出了事務所。

永瀨小姐說了聲『等一下』，叫住了我。

『什麼事？』

聽我這麼一問，她一臉困惑的表情，不停地扯著自己襯衫的領子和袖口。

『嗯～～』她說。

『沒事。』
『喔。』
我想了一秒鐘，然後，面帶微笑地說：
『明天見。』
『明天見。』
用力踩著腳踏車回到公寓，佑司正躺著看書。我看了看封面，是麥克·安迪的《夢夢》。
『看得懂嗎？』我問。
佑司『嗯？』地抬起頭看著我。
『你看得懂這本書嗎？』我又問了一次。
他回答說：『看得懂，只看得懂一點。』

『我要去買晚餐的材料。』
我換上套頭衫和牛仔褲後，對佑司說：
『晚上想吃什麼？』
『咖哩飯。』
我們推開房門走了出去。我一邊走樓梯，一邊對佑司說：
『前天才剛吃過咖哩。』
『但我想吃。』

『而且，星期天也是吃咖哩。』

『對，但我想吃。』

『咖哩要煮很久。』

『沒關係。』

『是嗎？』

於是，我就在車站前的購物中心採購了咖哩塊、洋蔥、胡蘿蔔、馬鈴薯。我左手提著塑膠袋，右手握著佑司的手走著。佑司的手總是汗滋滋的，感覺有點潮潮的。

我屬於那種杞人憂天的人，走在路上時，我總是緊緊地抓住佑司的手。然後，我對他說：

『車子很可怕。一定要小心。』

『好。』

『每天都有幾十個人因爲車禍死亡。』

『是嗎？』

『對啊。如果電車或飛機意外每天造成那麼多人死亡，大家一定覺得這種交通工具本身有什麼問題而加以淘汰。』

『車子也會被淘汰嗎？』

『不會。反而在不斷增加。』

『爲什麼？』

『我也搞不懂。』

『太不可思議了。』

眞的太不可思議了。

回家途中，我們繞道去十七號公園（這個町不知道到底有幾個公園？我還曾經看過二十一號公園）。

像往常一樣，頁碼老師和維尼都在公園。

我不知道頁碼老師的本名叫什麼。聽說他年輕時在小學當老師的時候，別人就這麼叫他。第一次聽到這個名字時，我問他：

『頁碼是不是小說每一頁角落的號碼？』

『對啊。』他回答。

他永遠都在顫抖。就像被雨淋濕的小狗一樣，不停地顫抖。他已經很老了，或許，這就是他顫抖的原因。

『爲什麼要這麼叫你？』

他輕輕搖了搖頭。或者，他並沒有搖頭，只是在顫抖而已。

『我也不知道。可能是周圍的人覺得我的人生很空虛吧。就好像有一本書，無論再怎麼翻都是白紙，只有在角落上標註了頁碼。』

『是嗎？』我又問道。

他用老人特有的混濁淚眼凝視著天空。

『因爲，我這輩子都是爲我妹妹而活的。』

蹲在他腳下的長毛狗維尼打了一個哈欠。

（雖然這隻狗應該也有『本名』，但佑司私自幫牠取了『維尼』這個名字。）

我妹妹比我小十三歲。在我和我妹妹之間，還有一個弟弟，但在我父母相繼死亡後，他就離家自立了。家裡只剩下我和我妹妹。

我妹妹自幼體弱多病，當時的醫生診斷，我妹妹活不過十五歲。

診斷是什麼？在一旁聽我們聊天的佑司問道。我找不到適當的語彙向他解釋，就回答說：『就是你想的那樣。』

果然是這麼回事，佑司笑著說。

他一定是想歪了。

我弟弟離開家的時候，我妹妹十四歲，我二十七歲。我開始和她兩個人一起生活，我決定要為她送終。那時候，我已經到了適婚年齡，也有一位中意的女孩子。但我告誡自己，必須把妹妹放在第一位，自己的事以後再考慮，不容許自己三心二意。事實上，治療妹妹的病很花錢，所以，即使我如願和心儀的對象兩情相悅，也不可能結婚。

光陰似箭，歲月如梭。

日子眞的過得很快。我甚至覺得只有我的時間過得特別快。我甚至懷疑會不會是某個頭腦絕頂聰明的人偷走了我的時間。

總之，時間眞的是稍縱即逝。

我這本書上沒什麼值得寫的事。只要在第一頁，記錄下一個微不足道的無趣男人的生活，之後的每一頁，只要寫『同右』兩個字就好了。

這種生活竟然持續了三十年。是不是很難以置信？

我妹妹在四十四歲的時候死了。那時候，我還有三年就滿六十歲了。

但是，有一件事我十分確定，那就是我的人生絕不『空虛』。即使是一個微不足道的無趣男人的人生，也是有內容的，並非空無一物。

我也有過喜悅和感動，雖然只是小小的、小小的而已。一天工作結束後回到家裡，把一天發生的事告訴引頸期盼我回家的妹妹，就是我的一大快樂。

這就是我的人生。

如果我過了不一樣的人生，那我就不是現在的我了。因爲，任何人都無法選擇自己的人生。

今天，頁碼老師也活在自己的人生中。

和年邁的長毛老狗維尼一起活在自己的人生中。

只要佑司摸維尼的下巴，牠總是發出一種不可思議的聲音。正確地說，不能算是一種聲音，而是空氣的輕微震動，但仍然有抑揚。

如果非要寫出來，就是『～？』。

頁碼老師曾經告訴我，以前的飼主動手術把維尼的聲帶拿掉了。

即使公園裡其他的狗『汪』地向維尼打招呼，牠也只能『～？』地回應。牠自己好像並不在意這件事。

『今天晚餐吃咖哩飯嗎？』

頁碼老師看著我的購物袋問。

『對。老師，你呢？』

『我吃這個。』

他舉起的塑膠袋裡，有一個裝在盒子裡的油炸黃瓜魚。

『賣剩的菜只要半價，真是太棒了。』

他用鼻子湊近袋子，瞇著眼睛聞著香味，一臉滿足的神情。

『這也是一種小小的幸福。』

然而，頁碼老師這種幸福的神情，卻令我感到十分難過。

我也不知道爲什麼。反正就是很難過。

頁碼老師的幸福太克難了？在迎接人生最後篇章的人的手上，似乎應該有更多豐碩的果實啊。

那又怎樣呢？

佑司和維尼打鬧著，我和頁碼老師看著他們，坐在長椅上聊天。然後，我把自己最近正在秘密籌劃的計畫告訴了他。

『我想要寫小說。』

頁碼老師把屁股往後一挪，拉開了他和我之間的距離，瞇起眼睛，似乎想要把我完全納入他的視野中。然後，輕輕地舉起雙手說：

『太好了。眞的是太好了。』

『你也覺得嗎？』

『當然。小說是心靈的糧食，是照亮黑暗的燈火，比愛更偉大的喜悅。』

『沒那麼了不起啦。我只是想把我和澪的故事寫下來，以後可以留給佑司看。』

『好，我覺得很好。她是個很優秀的女人。』

『我也覺得。』

維尼正咬著緊貼在脖子上的耳朵，佑司模仿著牠。維尼很認眞地做出厭惡的表情，拚命地『～？』『～？』著。

『可能是因爲生病的關係，我的記憶力很差。所以，』我繼續說道：

『我要趁一切還沒有忘記以前寫下來。把我們的故事寫下來。』

頁碼老師輕輕地點了點頭。

『忘記是一件很悲哀的事。我也忘記了很多事。記憶可以讓時光倒流，可以在我們的腦海中重現記憶中的那段時光。』

頁碼老師指了指自己的頭。他顫抖的指尖看起來好像想要在自己的太陽穴上寫什麼字。

『一旦失去記憶，就代表再也無法重溫那段時光了，就像人生從自己的指間溜走一樣。』

頁碼老師爲自己說的話頻頻點著頭，又繼續說道：

『所以，我覺得寫下來是個好主意。內容一定比我這本書充實多了（這時，老師很靈巧地眨了眨一隻眼睛）。被譽爲二十世紀最棒的文學之一的小說，歸根究柢，其實就是作者寫出自己幼年時代的記憶。』

終於，頁碼老師慢慢地站了起來。他看起來好費力，彷彿他腳下的地心引力是別人的兩倍。

『該回家了。小小的幸福在等著我。』

頁碼老師慢慢地跨出一小步、一小步。維尼發現後，立刻追上了老師，跟上他的腳步。

『老師，再見。』

我說道。

老師頭也不回地揮了揮右手，逕自走了。

『維尼，再見。』

佑司說道。

維尼停了下來，轉過頭，『～？』了一聲，又去追趕走在前面的老師。

晚上睡覺前，我告訴佑司『阿格衣布星球』的事。我逐漸累積細節，使這個星球更有眞實感。佑司每次的發問，都增加了這個星球的眞實分量。

『這個星球是什麼形狀？』

因爲他的這個問題，這個星球便有了外觀。我用簽字筆在夾報廣告的背面畫出了星球的樣子。

就是這樣的感覺。

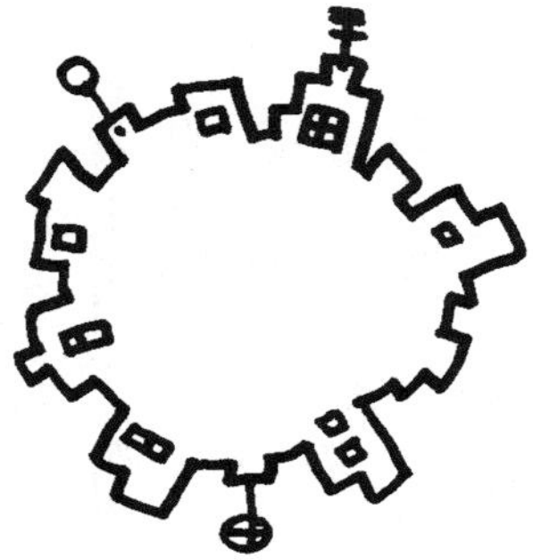

『在星球表面有許多像圖書館一樣的房子。』

『沒有大海或是山嗎？』

『沒有。山都被挖平，泥土用來填海了，把表面整平後，造了很多房子。』

『爲什麼？』

『因爲有太多人住在這個星球上了，不能浪費空間。』

『是嗎？』

『你想一想就知道了。爸爸的心裡住了很多人，那些人都已經不在地球上了，他們都生活在阿格衣布星上。』

『對，你上次也這麼說。』

『所以，把地球上每個人心裡住的人統統加起來，你說會有多少人？』

『嗯，我不知道。』（拜託你也稍微想一下嘛。）

『如果每個人的心裡住了十個人，阿格衣布星上就住了超過六百億的人。』（雖然減去重複的人，實際數字應該會少一些，但即使這麼告訴佑司，他也無法理解。）

『六百億是多少？』

『嗯……假設你們學校一年級到六年級有一千個人。在朝會的時候，你是不是看過大家集合的情況？』

『看過啊。』

『就是有──等一下（我用手指計算了０的數目），對，就是有六千萬個你們的學校。』

『六千萬有多少？』

『那個嘛，對了。我們電視上的保特瓶裡不是放了很多一圓硬幣嗎？』

（理所當然的問題。）

『對，我們一直在存錢。』

『是。那裡應該有一千個一圓，六千萬就相當於有六萬個保特瓶裡都裝了那麼多的一圓硬幣。』

『那，六萬又是多少？』

『喔，六萬嘛，就是——對了，爸爸和佑司不是常去圖書館嗎？』
（問得好。）
『沒錯。』
『我聽說圖書館裡有六萬冊書。』
『圖書館所有的書嗎？』
『對。』
『那就是六萬喔……』
佑司躺在我旁邊想了好久、好久。久到我以爲他睡著了的時候，佑司小聲地說：
『小巧？』（佑司都這麼叫我。）
『什麼事？』
『我可以再問你一個問題嗎？』
『可以啊。』
『那個，』佑司說：
『我一開始問你的是什麼問題？』
『咦？』
『嗯。』
『爸爸也忘了。』
『是嗎？』
『睡覺吧。』

『好吧。』

另一夜晚，佑司提出『爲什麼「某個人」要創造這個星球？』的問題，於是，讓阿格衣布星球有了存在的理由。

『爸爸不是告訴過你，那個星球上的房子都像圖書館一樣嗎？』

『對。』

『其實，那個星球就是圖書館。』

『眞的嗎？』

『眞的。製造阿格衣布星球的「某個人」最喜歡書了。所以，住在這個星球上的人都要爲「某個人」寫書。我之前不是告訴你，那些人都在思考嗎？亞里斯多德和牛頓都一直在思考複雜的問題。』

『是嗎？』

『對，我有說過。不管牛頓還是柏拉圖，這些人去了阿格衣布星球後，仍然思考著在地球上沒有找到答案的複雜問題。持續思考了幾百年。只要地球上有人思念他們，他們就會一直思考下去。』

『喔。』

『他們只要一想出頭緒，就會寫在書上。然後，這本書就收藏在阿格衣布星的圖書館裡。』

『媽媽也會寫書嗎？』

『媽媽也會寫。專門寫佑司和爸爸的事。』

『那「某個人」會看媽媽寫的書嗎？』
『當然會看。「某個人」特別喜歡這本書，因爲他可以了解什麼是人間的愛。』
『眞的嗎？』
『眞的。』
『吉姆·波坦寫什麼？』
『應該是火車頭的書吧。』
『那，小紅帽呢？』
『應該是大野狼的書。』
『眞的嗎？』
『眞的。小紅帽會寫怎麼分辨奶奶和大野狼的書，算是一種實用書吧。』
『是嗎？』
『應該吧。』

每逢週末，我們就會去城市郊區的森林。

狐狸、鼬鼠以及更小的齧齒類動物，以及更小的昆蟲們，在短柄枹櫟樹⑦、麻櫟和日本安息香樹等茂密枝葉編織的綠色搖籃中幸福地生活著。星星點點地圍繞著森林四周的小池塘裡，鰷魚、黃鯝魚和尖嘴魚優游其間。牠們滿足地眺望著自己的世界，優雅地搖鰭擺尾。

森林裡有好幾條小徑，像迷宮一樣錯落交織在一起。一間造酒工廠孤零零地站在小徑的入口。老舊建材和白鐵皮搭起的工廠已經成爲森林的一部分。蔓藤纏繞在牆上，屋頂被麻櫟樹張牙舞爪的巨大枝葉遮住了。工廠發出『咚、咚、咻』的低沈呻吟。

我身穿褪色的棉質短褲，和印有『ＫＳＣ』的Ｔ恤（甘迺迪太空中心的縮寫，是別人送的）在森林中跑步。雖然無法像以前跑得那麼快，但我維持六分鐘跑一公里的緩慢速度，持續跑一小時。佑司騎著兒童腳踏車跟在我的身後。我才剛幫他拆下輔助輪不久，他騎得搖晃晃的，看得我提心弔膽。

滿地落葉的小徑上，時而有樹根露出地面，時而掉落折斷的樹枝。我靈巧地跨過障礙物，但佑司每次都下車來，推著腳踏車前進，並在我的身後叫喚著：

『小巧，等等我，別丟下我不管。』

我放慢腳步，等他趕上來。

『我怎麼可能丟下你不管。』

『我知道啦。』

『好，走吧。』

於是，兩人再度加快速度，向森林前進。

我們像畫一個筆畫般地穿梭過每一條小徑，跑完四十分鐘的路程後，來到森林的另一端。那裡好像是某間工廠的廢棄地，地面上盡是裸露的鋼筋水泥，也可以看到曾經放置巨大機器的底座痕跡。在石灰質的寬敞地面上，一部分殘垣斷壁被人遺忘在那裡，雖然已經搖搖欲墜，但還留著一扇門。

還有一個信箱（歪歪斜斜的）。

就像是這樣的感覺。

不知道曾經是五號工廠，還是五號倉庫，這道牆的四周都已經倒塌了。

佑司每次都在這裡撿螺栓、螺母、鉚釘和螺旋彈簧（偶爾也會撿到鏈輪。這種日子就像中了大獎）。

我坐在殘存的底座上看著佑司。

這裡，曾經有過澪的身影。

佑司從兩歲時，就開始了這項尋寶作業。但螺栓、螺母、鉚釘和螺旋彈簧卻一直都撿不完。眞的很不可思議，這裡永遠都會有小零件。

佑司撿滿一口袋的零件回家後，就會在公寓對面的空地上挖個洞埋起來。那塊空地下的零件爲數應該已經相當龐大了。從那塊空地的地表至地下三十公分的地方，一定已經埋葬了滿滿的螺栓、螺母、鉚釘和螺旋彈簧。

有朝一日，當有人挖出來時，我倒很想看看他的表情。

我問佑司：

『我可以問你一個問題嗎？』

『什麼問題？』

『你爲什麼要做這種事？』

他用一種好像在看呆瓜的眼神看著我。

『那還用說。』他說道：

『因爲很好玩啊。』

喔，原來如此。

那是澪去阿格衣布星前一星期的事（這樣的措詞可以令我心靈感到平靜）。

她對我說：

我很快就要離開這裡了，但像這樣的雨季時，我就會回來，親眼看看你們兩個人是怎樣過日子的。

（那天，天空也下著冷冷的六月雨。）

所以，請你照顧好家裡。那時候，佑司已經上小學了，你要送他去學校，要讓他吃早餐，幫他檢查書包，別讓他忘了帶東西。

你做得到嗎？

『做得到。』我答道。

眞的嗎？當我回來時，如果你沒有照顧好，我就不原諒你。

（然後，她露出一絲微笑。淡淡的，很容易讓人錯過的一絲微笑。）

我很擔心你，澪說。

『不用擔心。』

我說：

『我會堅強起來，也會當一個好爸爸。妳不要擔心。』

眞的嗎？

『眞的。』

你要保證喔。

好。

我有沒有變堅強了？

我有沒有成爲一個好父親？

雨季快到了。

六月的星期一。

今天，我們又將迎接新的一天。

譯註❺日本的小學爲了學童的安全，會安排學生組成登校班，一起上下學。

譯註❻日本在考駕照時，要先通過場內考試，取得臨時駕照後，才可以上路。然後，再經過路考，才可以獲得正式的駕照。

譯註❼Quercus serrata，一種在日本生長的木本櫸科植物。

3

『佑司，早餐做好了。』
『嗯？』
『快點來吃。』
『啊？』
佑司只穿著內褲，揉著眼睛，我把T恤套在他的頭上。
『吃早餐了，早餐。』
『喔。』
『書包有沒有檢查？有沒有忘了帶什麼？』
『嗯，沒有。』
但是，他每天都會忘記帶什麼東西。
『小巧？』
『什麼事？』
『又吃荷包蛋和香腸嗎？』
『對啊。既營養，又好吃。』
『但每天都吃耶。』

『什麼？』

『沒事。』

『動作快一點。只剩八分鐘了。』

『是嗎？』

『對啊。』

『喂，小巧？』

『啊？』

『這件襯衫上沾到番茄醬了。』

『別管它，就當是襯衫的圖案好了。』

『是嗎？』

『最近都沒有洗衣服，沒有其他襯衫了。另外一件沾到醬油了，還有一件上面沾了咖哩。』

『哇噢～～』

『如果你可以吃得乾淨一點就好了。』

『那算了，就穿這件吧。』

我外出回來的途中，被雨淋到了。這個月的第一場雨。回到事務所，永瀨小姐拿著毛巾，幫我擦著肩膀和背部。

『西裝，』永瀨小姐說。

『什麼?』

永瀨小姐似乎對自己說到一半的話感到十分困惑,拚命扯著自己襯衫的衣領和袖口。

『什麼事?』

『那個,』她說:

『西裝上可能會有污漬。』

『對,可能吧。』

但她仍然露出侷促不安的樣子。

什麼事?我微笑地看著她,她搖了搖頭,似乎在說,沒什麼,沒什麼。

我把資料交給她後,說了聲『明天見』。

她喃喃地說了聲『你辛苦了』,把資料抱在胸前。

所長在自己的辦公桌前睡得很香甜。

傍晚,父子兩人打著雨傘去採購。

『今天晚上吃什麼?』

『咖哩飯。』

『太單調了。』

『單調是什麼意思?』

『就是缺乏獨創性。』

『那是什麼意思?』

『就像我家的菜色。』

『是嗎？』

『就是啊。』

『那怎麼辦？』

『今天要不要挑戰全新的菜色？』

『哇噢，太棒了。』

『這叫新氣象。』

『什麼意思？』

『以前的美國總統說的話。現在，他兒子當了總統。』

『眞的嗎？』

『眞的。』

於是，我們相互交換了意見，最後決定要挑戰從來都沒有出現在我家餐桌上的『高麗菜捲』。我們在購物中心分頭採購不同的材料，興致勃勃地打道回府。佑司嘴裡不停地嘟囔著『新氣象，新氣象』。

頁碼老師一如往常地坐在十七號公園內。撐著黑色的傘，欣賞著池塘四周的繡球花。維尼鑽在長椅下躲雨。

『頁碼老師。』

聽到我的叫聲，老師轉過頭來，展露了一個笑容。

『在看繡球花嗎？』
『眞美。因爲有人欣賞，花才會盛開得那麼嬌美。那是一種毫不猶豫、勇往直前的意念。』
老師又繼續說道：
『繡球花原本是海邊的植物，所以，才會對水充滿眷戀。』
或許，老師至今仍然在追憶那個無緣和他結成連理的女人。這和戀愛有什麼兩樣？即使彼此幾十年沒有相見，即使對方已經不在這個星球上了，還是會讓人眷戀。
雖然很不可思議，但這是事實。
『小說有沒有進展？』
老師問。
『還沒有。雖然有很多事要寫，但想要落筆時，卻覺得好難。』
『只要等時機來臨就好了。』
『時機？』
『對。要等到滿腔的話都湧上心頭的時候。』
『是嗎？』
『對。總有一天會來臨的。』
佑司蹲在地上，正對長椅下的維尼說著什麼。維尼默不作聲地聽著。我伸長耳朵，聽到佑司在說：
『喂，你知道什麼是新氣象嗎？』

回到家裡，佑司也一起幫忙，我們看著食譜做了高麗菜捲。食譜上寫著『失敗可能性最低的一道料理』。

但是，我們還是失敗了。

『我問你，』

『什麼？』

『高麗菜捲是這種味道嗎？』

『我想，應該不是。』

『那個～～』

『嗯？』

『很難吃耶。』

『爸爸也有同感。』

然後，我們彼此沈默了五秒鐘。

『我說，』

『嗯？』

『我發現了一件事。』

『什麼事？』

『我好像買錯了。』

『買錯什麼了？』

『我好像把萵苣當成是高麗菜買回來了。』
『是嗎？』
又是五秒鐘的沈默。
『對不起。』
『不，沒關係。不必在意。爸爸在做料理時也沒有發現，彼此彼此啦。』
『是嗎？』
『對。』

以前，我曾經在報紙上看到，每三個英國兒童中，就有一個人無法分辨高麗菜和萵苣。
我家的英格蘭王子似乎就是三個人中的那一個。
還有，我也是。

4

鄰町的電影院在放『夢夢』。那是一個只有一個放映廳的電影院，平時就常重演一些經典名作，這個月剛好上演麥克．安迪的特輯。

這個星期演『夢夢』，下個星期將上演『說不完的故事』。

佑司說想看『夢夢』。

『你知道爸爸不能進電影院吧？』

『知道。』

『所以，如果你想看的話，就要自己一個人看，可以嗎？』

『沒問題。』

『那，我們星期六去好不好？』

『太酷了。小巧，謝謝。』

『不客氣。』

星期六，在電影開演前一小時，我們就離開了公寓。我騎著上下班用的老爺腳踏車，佑司騎著兒童腳踏車，從貫穿田野中央的路騎向鄰町。距離鄰町大約十公里，時間還來得及。

我不能搭巴士或電車。

一旦搭上巴士或電車，只要車門一關，感受到加速度的那一刹那，我的開關就會打開，閥門就會彈開，一下子衝破液位計。

無論搭任何交通工具都一樣。無論遊樂園的猴子火車，還是觀光地的天鵝遊覽船都一樣。搭巴士和電車時的情況更慘烈，搭單軌捷運或山上的纜車（因爲很高）更是慘不忍睹。我推測，如果我搭飛機時，一定會痛不欲生，搭潛水艇時，簡直會要了我的命。

最可怕的就是我被塞進動彈不得的太空艙內，屁股下方的火藥爆炸，我就這麼被彈出了宇宙。光是想像一下，就令我驚恐萬分。

所以，搭乘史潑尼克人造衛星繞著地球轉的萊卡狗——科多里夫加（Kudryavka）是我心目中的英雄。我很希望牠的勇氣可以分一點點給我。

總之，這件事讓我變得很不方便。在我承受的諸多限制中，這個限制處於相當高的地位。所以，我既不能上月球，也不能潛入馬里亞納海溝[8]。

好遺憾。

我們在電影開映前五分鐘趕到了。因爲逆風的關係，我們花了比預計更多的時間。佑司低著頭，拚命地踩著腳踏板，但還是比預定的時間晚到了很久。

我把從家裡帶來的三明治交給他，又去自動販賣機買了可樂給他。原本打算在電影開映前兩個人一起吃的，但已經沒有時間了。

我在售票口買了一張兒童票。

『去吧，好好欣賞一下。』

佑司好像對突然改變行程略感不安。我從錢包裡拿出幾枚硬幣，放在佑司的褲子口袋裡。

『如果三明治吃不飽的話，去買點爆米花來吃。甜甜圈也可以，隨便你買什麼喜歡吃的東西都可以。』

『好。』

然而，佑司仍然把裝著三明治的便當盒和易開罐的可樂抱在胸前，一動也不動。

電影開始的鈴響了。佑司轉過頭去，看著通往放映廳的大門。然後，又轉過頭看著我。

『快去吧，電影開始了。』

我把手搭在佑司的肩上，催促著他。然後，把電影票交給收票的女孩子，推了推佑司的背。他轉過頭來看了我兩次，終於消失在放映廳內。

眞希望可以和他一起進去欣賞。

但我不能進電影院。

我不能去聽音樂會，也不能出席別人的婚禮。其中的理由和不能搭電梯或是不能站在高樓的原因不太一樣。

雖然我自己也覺得很沒道理，但每每遇到這些狀況，就會令我產生一種強烈的衝動。

我有一個很令人頭痛的壞習慣，只要身處挨肩擦背的環境，在大家都必須保持安靜的狀況下，我就會想要大聲說話。雖然每個人都或多或少會有這種感覺，只是我的程度和別人大有差異。

說的話本身沒有太大的意義，像是『哇噢，這件襯衫帥呆了！』或是『媽的，只差那麼一點點』之類的。總之，腦海中閃現的話語會拚命尋找出口，讓我難堪。然後，永遠都是相同的模式——困惑按下開關，閥門彈開，衝破液位計。

最近，我已經不再對此感到不便，但在讀大學時，眞的讓我苦不堪言。

上課時，每當腦海裡閃過『哇噢，眞的太過分了！』或是『我可不記得你有說過這些！』的念頭時，爲了拚命克制這些話脫口而出，每每都讓我汗流浹背。

結果，這也成爲導致我大學休學的最大原因。

目送佑司遠去後，我在電影院周圍閒逛，尋找可以打發時間的地方。這一帶，精品店、飾品店和速食店櫛比鱗次。四周的嘈雜就快讓我頭昏腦脹了，但我必須在這裡等佑司看完電影。剛才把三明治都拿給佑司了，我自己也開始飢腸轆轆。

我走了一段路，看到一家Starbucks（星巴克咖啡），覺得『這裡應該沒關係』，便走了進去。因爲這家店全面禁煙，所以沒關係。我的感應器特別敏感，所以，對我來說，香煙的煙就像催淚瓦斯一樣深具威脅。

當像我這樣的人舉行集體抗議時（手上舉著寫有『哇噢，這件襯衫帥呆了！』或是『媽的，只差那麼一點點！』的抗議牌子），警察想要鎭壓，只要每個人點一支煙包圍我們就輕鬆解決了。我們這些人必定淚流滿面地抱頭鼠竄（一邊逃的時候，嘴上還說著『哇噢，眞的太過分了！』）。

我的體質不能喝咖啡（開關會『啪』地打開），這家店裡能讓我點的東西十分有限。所以，我點了一瓶保特瓶裝礦泉水，外加一份BLT三明治。

我接過放在托盤上的麵包和飲料，坐在店裡角落的位置。店裡坐滿了八成的客人。一個褲裝套裝的女人正在打筆記型電腦，另一個看起來像是學生的男生正在看課本，這裡的客人都是邊喝咖啡，邊做其他的事。我也像他們一樣，打開了自己帶來的筆記本。再將自動鉛筆的頭朝向自己的胸口猛壓，壓出筆芯。然後，咬了一大口麵包，想了一下。

我猛喝了一口水，在第一頁的第一行寫下了『1』這個號碼。題目我打算以後再想，所以，暫時沒有寫。

第一句話立刻冒了出來。

澪去世的時候，我曾經這麼想——

之後，就好像在抄寫原先已經寫好的文章一樣，思緒如泉湧。

原來如此，這就是頁碼老師所說的意思。

『滿腔的話會湧上心頭。』

我寫下了阿格衣布星的事、佑司的事、事務所的事、頁碼老師和維尼的事，以及週末的慢跑和工廠廢棄地的事。我想要先寫目前的生活，再慢慢地開始寫和澪共同的回憶。

雖然以前我只寫過日記，但落筆後，感覺十分順暢。我腦海裡想起自己最愛的作家約翰・厄文⑨，以及教他怎麼寫文章的科幻作家馮內果⑩的小說，並以此為參考進行寫作。

筆記本上描寫的我和佑司比實際生活的我和佑司幸福多了。

不要寫痛苦的事。這樣，他們就可以保持那份幸福。描寫這對幸福的父子，是一件快樂的事。

我樂在其中，我為自己的分身創造了時間和空間。但話又說回來，我給他們的時間，正是我失去的時光。

難以置信的是，當我回過神來時，太陽已經開始下山了。

我嚇了一大跳。

『哇，慘了！』

我跳了起來，桌上的保特瓶倒了。瓶子已經空了。店裡的其他客人都用訝異的眼神看著我。

我手忙腳亂地把筆記本、自動鉛筆和橡皮擦收了起來，把托盤歸回原位，衝出咖啡店。

我一邊跑，一邊看著腕錶，電影結束已經超過一個小時了。

『不可以忘記的事卻忘得一乾二淨』。

即使這樣，有些事是絕對不能忘記的。

我為什麼會這樣？

我為什麼會變成這樣？

好幾次，我都撞到了過往的行人，每次都連聲道著歉『對不起』，繼續趕往佑司所在的地方。

電影院附近幾乎沒什麼人。剛好是下一場電影上演到一半的時間，這種時候，電影院總是靜得出奇。

我立刻發現了佑司。

他正獨自坐在電影院正面寬敞樓梯的正中央。

他把便當盒放在膝蓋上，用手抱著，呆呆地看著曖昧的空間出神。小小的嘴動來動去，好像在哼什麼歌，但我聽不到他在唱什麼。

『佑司。』

我叫他，他也沒有發現。我走到他身旁，佑司才第一次看著我。

他的眼睛紅了，鼻頭紅了，臉頰也紅了。他吸了好幾次鼻涕。

『對不起。』我說。

『喔。』佑司說。

我蹲了下來，用手指擦去佑司睫毛上掛著的淚珠。從口袋裡拿出面紙，幫他擤鼻涕。

『一次擤一邊。太用力擤，耳朵會痛。』

『喔。』

我在他旁邊坐了下來。

『眞的對不起。』

『喔。』

我握著佑司的小手。他的手一如往常，暖暖的、潮潮的。

『我剛才好擔心。』

終於，佑司用帶著鼻音的聲音對我說道：

『我以爲小巧身體不舒服，被困在哪裡了。』

『是嗎？』

『對。所以，我跑著四處去找你。找了好多地方，但還是找不到你。』

『對不起。』

我又說了一次。

『幸好你沒事。』佑司說：

『你沒事吧？』

『我沒事。不過，讓你受驚了。』

佑司搖了搖頭。

『我沒關係，我可以忍耐。』

『對，佑司很了不起。』

『我了不起嗎？』

『很了不起，比爸爸了不起好幾倍。』

『沒這回事。』

佑司說：

『我剛才哭了，哭得唏哩嘩啦的。』

然後，他又淚如雨下地大哭起來。我撫摸著他被汗水弄濕的琥珀色頭髮，將他抱在胸前。

『對不起，我讓你傷心了。』

他努力不讓自己發出聲音，靜靜地哭著。然後，臉壓在我的胸口，用含糊不清的聲音小聲地說：

『求求你，』

他說道：

『求求你不要丟下我不管。

『不要忘記我。』

我想，這應該是我讓佑司傷心的報應。然而，這件事卻讓佑司更加傷心了。

回家的路上，在走了差不多一半的路程時，我開始感到不對勁。

佑司已經歡快如初，用不輪轉的語調說著剛才看的那部電影的情節。沿途吹著順風，我們像揚起帆的小船，輕快地前進。

等我發現時，情況已經相當糟了。我的鼻子深處有一股焦臭味，手腳前端的感覺已經麻痺了。而且，冷得渾身發抖。

然而，我還是強打起精神，附和著佑司的話。雖然，他說的話，我一句也沒有聽進去。

我硬撐著繼續前進了五分鐘，忍耐終於到達了極限。

『佑司，』我打斷了他的話。

『幹嘛？』

『把腳踏車停下來。』

『好。』

我們將腳踏車停在和柏油路呈直角的田間小道上，我立刻一屁股跌坐在地上。

我的能量耗盡，瓦斯用完了。

一般人只會覺得『肚子好餓』，但我的體質對任何事都大驚小怪，所以，症狀也非同小可。我整個手臂、整條腿都已經沒有了感覺。我連坐的力氣也沒有了，只好倒在地上。平時，爲了避免發生這種情況，我一天分五次進食，每次進食少量。但今天忙中出錯，把三點要吃點心的事拋到了腦後。

『小巧，你還好吧？』

『嗯，有點不太好。』

『是嗎？』

『佑司。』

他蹲了下來，把臉貼近我的臉。

『什麼事？』

『你口袋裡還有錢嗎？』

『有。我剛才買了爆米花，但還有剩。』

『那，我拜託你一件事。』

『好。』

『你一個人騎腳踏車，去附近的便利商店買些吃的東西回來。』

『吃的東西嗎？』
『對。爸爸的電池用完了，要裝新的電池，才能活起來。』
『是嗎？』
『對。你可以嗎？』
『當然可以。』
『那，你就去吧。』
『我知道了。』
佑司站了起來，將兒童腳踏車推到柏油路上。他跨上座椅後，轉過頭來看著我。
『小巧？』
『是。』
佑司再度紅著鼻頭。
『小巧，你不會死吧？』
『你放心，我不會死啦。』
『眞的嗎？』
『眞的。』
佑司注視著我的眼睛良久，似乎在確認我的話的眞僞。我努力擠出一個笑容。
『那我去買了。』
佑司終於說道。
『好，拜託了。』

佑司踩下腳踏板，衝了出去。

『佑司！』

聽到我的呼喚，腳踏車停了下來，煞車發出『嘎』的聲音。

『什麼事？』

『我想你應該明白，不是眞的要買電池。』

『是嗎？』

（他的『是嗎？』是一種條件反射，如果以爲這句話有什麼意思就大錯特錯了。但是——他眞的懂了嗎？）

『要買吃的東西。最好是甜食之類的。』

『好。』

『可以的話，』

『什麼？』

『最好買餅乾冰淇淋。』

『知道了。小巧最愛吃那個了。』

『對。』

『我去買了。』

『好。』

然後，他用力踩著腳踏板，快速地遠去。我急忙想要叫住他，但想到他的耳朵不靈光，乾脆放棄了。

『怎麼騎這麼快——』

我再度倒在泥土上。

『多危險……』

背上感受到泥土的冰冷和草的味道，是現實世界和我之間唯一的交集。在漸漸模糊的意識中，我不停地爲佑司的平安祈禱。

他被車子碾過的景象數度出現在我的腦海裡，每次，都令我感到有椎心刺骨之痛。

心臟的跳動奏出顫音，不時地奏出變調，讓我好不難過。

『澪。』我在內心呼吸著。

沒有應答。

『澪。』

我又試著呼喚了一次，還是沒有應答。不知道爲什麼，令我好傷感。

『小巧？』

佑司的聲音讓我的意識甦醒。

『我買了餅乾冰淇淋。』

他滿頭大汗，肩膀上下起伏著，喘著粗氣。

『太好了……』我說。

『什麼太好了？』

『沒事，沒關係了。但下次不可以騎那麼快。』

『但是……』

『所以，沒關係了。謝謝。』

我撐起上半身，開始吃他幫我買來的餅乾冰淇淋。冰淇淋太冷了，我不禁渾身打著寒戰。我有點後悔，早知道就應該叫他買些熱食，但還是默默地吃著。

冰淇淋從分解、被身體吸收，到送至身體的每個角落需要一點時間。我又平躺在地上。佑司也在一旁躺了下來。

天空已經拉上一層深藍色的天幕。星星們像電池耗盡的手電筒一樣眨著眼睛。

『你還好吧？』佑司問道。

『嗯，還有一點不太舒服。』

『是嗎？』

『嗯。』

『那，這樣吧。』

『什麼？』

『可以來唱歌。』

『搞什麼？』

『媽媽教我的。』

『我沒聽說過。』

『是喔。』

『什麼「是喔」，到底是怎麼回事？』
『這很重要嗎？』
『是不重要啦。』
『媽媽說，在害怕的時候，或是痛的時候，只要唱歌，就可以忍耐了。』
『媽媽說的嗎？』
『對啊，她說的。』
『那你教我吧。』
他張大一雙清澈的雙眼，小聲地唱了起來。

有一隻大象
在玩蜘蛛網
玩得眞開心呀
又找來一隻
大家一起玩

有兩隻大象
在玩蜘蛛網
玩得眞開心呀
又找來一隻

大家一起玩

『等一下。』

『怎麼了？』

『這首歌，唱到最後會有幾隻大象？』

『幾隻都沒關係，只要唱到自己心情好起來爲止。』

我想像著幾百隻大象擠在一起玩一張巨大的蜘蛛網的情景。

『大象眞的覺得很開心嗎？』

『應該是吧？所以才會找朋友一起來玩啊？』

喔～～

『我們一起唱，這樣就會好起來。』

『好吧。』

有三隻大象
在玩蜘蛛網
玩得眞開心呀
又找來一隻
大家一起玩——

我們一直唱到有六十五隻大象在玩蜘蛛網。
最後是這樣唱的。

有六十五隻大象
在玩蜘蛛網
玩得眞開心呀
但時間太晚了
一起回家吧

『小巧，你有沒有好點了？』
『咦？』
『怎麼了？』
『眞的耶，不知道什麼時候已經好了。』
『你看。』
『啊？』
『是不是很厲害？』
『眞的很厲害。』
『我們的時間也晚了，回家吧？』
『好啊。』

我們推著腳踏車，並排走在夜路上。青蛙們興奮地哇哇大叫著，發生了什麼值得慶祝的事嗎？

佑司說：

『我好想媽媽。』

『是啊。』

沈默了片刻，佑司又說：

『是我害死媽媽的嗎？』

『沒有啊。』

『你沒騙我？』

『沒騙你。你為什麼會這麼想？』

『沒事啦。』

然後，又等了很久，我對他說：

『眞的沒這回事喔。』

『我知道。』

『那就好。』

『嗯。』

總有一天，他會了解眞相。親戚中，總會有幾個口無遮攔的人。現在，他已經隱隱約約地感受到眞相的輪廓了。一定是哪個愛管閒事的人告訴他的。然而，他還太小，還無法承受眞相。在他長大以前，我想要繼續隱瞞眞相。如果可以的話，我希望他在看這本小說時，才第一次了解眞相。

而且，眞相也不完全是『佑司害死了澪』。當發生某個結果時，很難斷定造成這種結果的原因到底是什麼。

沒錯，俄羅斯轉盤的球掉進了黑色的13。但到底是什麼原因？無法用一句話來說明。況且，我們的世界和俄羅斯轉盤一樣，沒有絲毫的改變。

的確，佑司出生時，是極度的難產。

在懷孕時，澪就出現了各種不適的症狀，澪在體力衰退的情況下臨盆，注射了好幾種莫名其妙的針劑。雖然我們也可以考慮像凱撒一樣，不經由產道，而是由醫生從剖開的縫隙中取出來，但他還是經歷三十個小時，經由正規的途徑降臨到這個世界。他是個健康寶寶，體重有三千九百公克。

但他母親卻極度衰弱，體內的各種器官——負責過濾、分解和中和的器官都無法順利發揮功能。

五年後，她離開了這個星球，但沒有人知道她身體的各種不適，和分娩時出現的多種功能不全之間到底有什麼關係。因爲，之後，她曾經很健康，也曾經像一般的母親、妻子一樣，過著正常的生活。所以，說佑司害死了澪的說法似乎並不正確。

即使分娩造成的影響在五年後奪走了她的生命，也不能說是『佑司的責任』。

他沒有做錯任何事。

他是在我和澪的期待之下來到這個世界。當時，他還沒有呼吸，也還沒有睜開雙眼。他就像還未飄落到地上的雪一樣潔白無瑕。

所以，絕不能讓佑司爲這件事而痛苦。

譯註❽ Mariana 海溝是世界上最深的海溝，位於西太平洋馬里亞納群島東側，最深的地方有 11034 公尺。

譯註❾ 約翰・厄文（John Irving），幽默作家，被美國文壇泰斗馮內果喻爲『美國最重要的幽默作家』。

譯註❿ 馮內果（Kurt Vonnegut），美國人，著有《第五號屠宰場》、《槍手狄克》、《第四隻手》等眾多暢銷作品。

5

翌日，我們像往常一樣去森林。

造酒工廠今天也像往常一樣發出『咚、咚、咻』的低沈呻吟。天空籠罩著灰色的厚厚雲層。從森林裡吹來的風，帶著雨的味道。

『可能會下雨。』

『啊？』

我放慢速度，和佑司並排走著。

『有雨的味道，可能會下雨。』

佑司用力吸著鼻子：

『我聞不出來。』

『騎快一點。』

平時，我們儘可能繞遠路，跑完足夠的距離後，才去工廠的廢棄地，但今天我們以最短的距離直奔目的地。

森林中黑漆漆的。短柄枹櫟和日本安息香樹的葉子像天蓋一樣壓在我們的頭頂。地上積了好幾層的落葉，每踩一步，就發出潮濕的聲音。

鳥兒沒有啼叫。或許是因爲天空太憂鬱了，讓牠們覺得難以啓齒。

好安靜。

偶爾才想起要吹一下的風，搖動著樹梢，發出『沙、沙』的像撒豆子般的聲音。前面橫著一根之前不曾有的倒塌樹木，擋住了小徑的去路。我幫佑司抬起腳踏車，跨過了樹木。

我們終於走出了森林，來到工廠的廢棄地。天空更暗了。

『答』，第一滴雨掠過我的臉頰，掉落在肩頭。

『下雨了。』

雨聲立刻變大了。水泥地被雨淋濕了，散發出一種令人懷念的味道。寬敞的工廠廢棄地上沒有可以躲雨的地方，那還不如回去森林裡躲雨。

我決定沿原路折返，招呼著佑司。

『走吧，回家吧。』

但他沒有理我。他向前探出頭，被雨淋濕的頭髮緊貼著他的額頭，他用一種可怕的認眞表情注視著某樣東西。他的眼睛和眉毛擠成一團，用一種和他年齡不相符合的成熟眼神，專心凝視著。

我順著他的視線望去。

在煙雨朦朧的灰色視野中，只有一點淡淡的色彩。剛好在只剩下一面的牆壁上，寫有#5的門的前方。我用指尖彈走睫毛上的雨滴，再度定睛一看。那是一個熟悉而又令人懷念的身影。

絕對錯不了。

是澪。

她穿著櫻花色的針織外套，佇立在那扇門前。我慢慢地低下頭看佑司。他也抬頭看著我，眼睛瞪得大大的，嘴巴張成了O字。

佑司就像在說天大的秘密時那樣，小小聲、小小聲地對我呢喃：

『小巧，不得了了。』

他不停地眨著眼。

『是媽媽。』佑司說：

『媽媽從阿格布衣星回來了（編註）。』

我們戰戰兢兢地靠近她。並不是因爲害怕，世界上沒有一個丈夫會害怕自己妻子的幽靈，我只是擔心空氣的震動會把她帶走。

佑司想必和我有相同的想法。他沒有突然衝過去抱住澪。

或者，他本能地了解幸福的虛幻縹緲。

另一方面，我身爲一個有常識的大人，也沒有忘記用常理來解釋眼前的現象。

明星臉理論。

可能是長得和澪像雙胞胎一樣的外人；也或者並不是外人，眞的是雙胞胎。兩個人簡直是一個模子裡刻出來的，很難相信是外人，就如同很難相信有幽靈存在一樣；但如果是雙胞胎，我不可能不知道。雖然她有妹妹和弟弟，但長得一點都不像。反而是和她沒有任何血緣關係的我，看起來更像她的哥哥。我也沒聽說她有雙胞胎的妹妹像鐵面人一樣地被人囚禁。

她眞的還活著的理論。

這不可能。

雖然這個想法很吸引人，但不可能。

如果眞是那樣，就代表我曾經爲另外一個女人送終，參加了另一個女人的葬禮，在另一個女人的墓前傾訴。

我還不至於那麼白癡。

另外，我也曾想過外星人或者是複製人的可能性，大衛．杜楚尼⑪——應該說，穆德探員⑫可能會相信，但我可不相信。

我慢慢靠近她，腦子裡不停地思考這些事，最後還是認定，眼前的女人是妻子的幽靈。

因爲，她曾經對我說：

『像這樣的雨季時，我就會回來，親眼看看你們兩個人是怎樣過日子的。』

所以，她遵守了約定，在六月的雨天來和我們相見。

我一直向她靠近到觸手可及的距離，我清楚地看到，佇立在那裡的她，右耳的耳垂上有兩顆小小的痣，也清楚地看到從她微閉雙唇間露出的虎牙。

她既不是某個神似澪的人，也不是她雙胞胎的妹妹，更不是複製人。

她就是澪。

如果這種表達方式有誤，那我可以換一種方式來表達——她是具有澪的心靈、外表，以及記憶的某種存在。說她是幽靈，似乎太有眞實感了，她的輪廓十分清晰，還有味道。

她的頭髮散發出令人懷念的那種味道。

我不知道該怎麼形容，只能說是『那種味道』。那彷彿是她向我釋放的親密話語。

這個世界上獨一無二的語言。

我至今仍然可以感受到。

她並沒有發現我們的存在，只是出神地注視著滴落在自己腳下的雨滴。我仔細一看，發現她的臉比離開我們時更加圓潤。那是她病情惡化前的樣子，看起來健康而又年輕。

這有點矛盾。

『健康的幽靈』這句話，聽起來就像『利他的金融家』或是『正面思考的伍迪．艾倫』一樣充滿矛盾。或許，當幽靈回到這個世界時，會呈現出這個人最幸福時的樣子。

櫻花色的外套下，穿著一件純白的洋裝。是阿格衣布星發的制服嗎？那裡的人眞的都穿白衣服嗎？以前，幽靈都會以白衣現身，難道是最近的打扮比較現代化了嗎？

『媽媽？』

佑司終於忍不住用顫抖的聲音輕聲呼喚著她。

澪抬起頭，似乎這才發現我們的存在。她用不帶任何感情的眼神看著我們。慢慢地閉起雙眼，又慢慢地張開，然後，微微側著頭。

每一個小動作，都是那麼熟悉、那麼讓人愛憐，我快要哭出來了。即使她是幽靈，仍然是我的妻子，依然那麼楚楚動人。

我輕輕地伸出手，試圖確認她的眞實。她露出一絲害怕的表情，僵硬著身體。

難道有什麼問題嗎？難道被人觸摸會違反規定嗎？

然而，我還是無法克制自己的衝動，將手放在她的肩上。

原以爲會發生什麼狀況，但什麼也沒有發生。

我的手感受著她單薄的肩膀，雖然被雨淋濕了，但仍然可以感受到些許的體溫。這讓我產生了小小的驚訝。如果她的肩膀比六月的雨更冰冷，或者是我感受不到她的肩膀，只抓住一道櫻花色霞光的話，我還覺得比較理所當然。

無論如何，她眞的就在這裡，散發著宜人的芳香，令我的內心劇烈起伏。

佑司也自然而然地走向澪，伸出小手，略顯猶豫地抓住了她外套的下襬。她試著向佑司微笑，但臉部的肌肉僵硬，變成了一臉尷尬的表情。

怎麼回事？

爲什麼會有這種奇妙的疏離感？

我開始不安起來，我叫著她的名字。

『澪？』

她看著我，輕輕張開薄薄的雙唇，露出了她的大虎牙。

『Mio？』

她說：

『這是我的名字嗎？』

她的聲音細細柔柔的，語尾帶著抖音，是我熟悉的聲音。

這熟悉的聲音差一點讓我哭了出來，但她這句話的含意令我大為震驚，把眼淚都嚇跑了。

『妳問我是不是妳的名字，』我說道：

『難道妳不記得了嗎？』

『啊？』佑司問。

『好像是。』澪說。

『是嗎？』佑司又問。

『我，什麼都記不得了。』

『妳說都記不得了，』

我毫無意義地轉著雙手：

『是完全都忘了嗎？』

『好像是這樣。』

她的臉上露出自嘲的笑容，好像抽到下下籤時的失望表情。

『那麼？』她問道。

『你們是誰？』

『妳問我們是誰？』

我反問她，感到無法釋懷：
『我是妳丈夫，佑司是妳兒子。』
『沒錯，兒~子。』佑司說。
『騙人。』她說。
『沒騙妳。』我說。
『是眞的。』佑司說。
『等一下。』
澪伸出了手，似乎想要阻止我們說話，另一隻手抱住了自己的頭。
『我回過神的時候，就在這裡了。』
她閉上眼睛，一臉認眞地找尋著記憶。
『差不多十分鐘前開始，我一直在想，但什麼也想不起來。我不知道這裡是哪裡，也不知道我爲什麼會在這裡，甚至我連正在思考的自己是誰也不知道。』
聽她這麼說，我在心裡想，她一定是十分鐘前降臨在這裡。當時，可能將所有的記憶都留在阿格衣布星上了。
這麼說，她連自己是幽靈這件事也忘了（應該吧——）。
所以，這到底是怎麼回事？
『今天，我是和你們一起來這裡的嗎？』
『對啊。』
我當機立斷地這麼回事。

『啊？』佑司叫道。
我抓住了他細細的脖子。
他閉了嘴。
『我們三個人一起來這裡，像平時的星期天一樣，來這裡散步。』
『是嗎？』
『對啊。』
我點了點頭：
『剛才，我和佑司離開妳，去森林裡玩了一會兒。等我們回來時，就看到妳變成了這樣。一定是妳跌倒了，不小心撞到了頭。』
『你的意思是，撞到時的衝擊讓我失去了記憶？』
『好像是這麼回事。』
『眞的嗎？』佑司問道。
我抓住他脖子的手使了點勁。
他閉了嘴。
『好了，一起回家吧。妳會慢慢想起來的。』
『會嗎？』
『會。』
她慢慢地站了起來。被雨淋濕的洋裝貼在腿上，裙子下襬滴著水。
『趕快回家吧，萬一著涼了會感冒。』

『對喔。』

如果什麼都不記得了，反倒是一種幸福。我不需要讓她想起那些痛苦的回憶。

而且，我想起了她說的那句話，在她臨終的那句話——『雨季時，我會回來』。

她當時這麼說：

『我想，我會隨著雨回來，確認你們真的有好好過日子後，就會在夏天之前回去。因爲，我不喜歡悶熱的天氣。』

既然她忘記自己來自何方，或許，她也會忘記自己要回阿格衣布星。那麼，她就可以永遠和我們一起生活下去。

我和佑司，還有澪，三個人一起生活下去。

只要三個人可以在一起，妻子是幽靈這種事，根本是不足掛齒的小問題。

眞的。

澪和佑司並肩走在森林的小徑上，我推著腳踏車，跟在他們後面。一開始，佑司還顯得手足無措，但終於下定決心，向她伸出了手。澪立刻握住了他的小手。佑司訝異地抬頭看著澪，她溫柔地報以微笑。頓時，佑司終於再也按捺不住地大哭起來。

這也難怪，他已經一年沒有握到母親的手了。

她轉過頭來，一臉納悶地看著我，似乎在問：『怎麼了？』

『以後妳就會知道了。』

我說：

『佑司是個愛哭的孩子。』
先打好預防針，這麼一來，即使日後佑司在不合時宜的情況下哭，也可以找到藉口。
『他有點不安，因爲妳失去記憶了。』
『是嗎？』
佑司泣不成聲地問道。
我對他置之不理，繼續說了下去：
『所以，妳不要想太多，對他溫柔點。因爲，以前妳一直都是這麼對他的。』
她點了點頭，似乎在說『了解了』。然後，把手搭在佑司小小的肩膀上，輕輕地抱緊。
佑司感受著母親的體溫，好像淚水也會醉人似地沈浸在一種心曠神怡的酩酊之中。
他正再度體會與母親的別離，如果有朝一日，仍然需要和重逢的母親離別，那麼，這次的重逢一開始就準備了悲傷的結局。她曾經說過，『在夏天之前』。
如果她的話屬實，那麼，時間所剩不多了。
（要趁現在好好享受母愛。）
我悄悄地對佑司說，他正泣不成聲，緊緊握著澪的洋裝裙襬，將臉貼在她腰上。

編註：故事中，佑司都將『阿格衣布星』說成『阿格布衣星』。
譯註⑪：David Duchovny，飾演美國電視影集『X檔案』中穆德探員的演員。
譯註⑫穆德探員（Fox Mulder），『X檔案』男主角，在美國聯邦調查局X檔案部門工作。

6

回到公寓，我帶澪走進裡面的房間，告訴她衣櫃的抽屜裡放了些什麼。她的衣服原封不動地放在原處，和一年前一模一樣。

我和佑司在前面的房間迅速換好衣服，立刻躲進了廁所。這裡是唯一想要說悄悄話而不會被澪聽到的地方。

佑司坐在馬桶上，我面對著他、背對著門站著。

『聽我說。』

我壓低嗓門說道：

『媽媽什麼都不記得了。』

『眞的嗎？』

『眞的。和爸爸、佑司一起生活過的事，結婚前的事都不記得了。』

『還有，』我輕輕地清了清嗓子：

『還有——她在一年前生病去了那個星球的事也忘了。』

『喔。』

『所以，我們就把這件事當成秘密。』

『哪一件事？』

『什麼哪一件事？就是要當作媽媽從來沒有離開過，一直和佑司、爸爸三個人在這個公寓裡生活。』
『昨天也是嗎？』
『對啊。』
『前天也是嗎？』
『對。』
『如果媽媽問我，我要說什麼？』
『問你什麼？』
『各種各樣的事。』
『你就隨機應變吧。』
『我可能做不到。』
『那時候就哭著混過去。只要突然大哭就好了。』
『可以嗎？』
『可以。媽媽好不容易才回來，我不想讓她知道她上次走得那麼悲傷。』
『我也這麼想。』
『我就知道。而且，如果媽媽知道眞相的話，或許會覺得自己應該回阿格衣布星了。』
『我不要。』
『如果你不想讓她回去，就好好加油吧。』
『好，我試試看。』

我們擊掌相互鼓勵後，我推開門走了出去。
澪就站在門外。
我嚇了一大跳，但仍然故作鎮定。但我實在太震驚了，或許別人一眼就可以發現，我只是在故作鎮定而已。
她聽到我們的談話嗎？我觀察著她的表情。
『這個家的男人都會一起上廁所嗎？』
似乎沒問題。
『是，對啦，偶爾而已。像是很急的時候，就會一起上。今天也是。』
她露出一絲害怕的表情。
『那，那個呢？』
她伸手指著房間中央。
『什麼那個？』
『家裡為什麼會亂成一團？』
『有嗎？』
我覺得我已經整理得夠乾淨了，而且，每樣東西的位置都很合理。當天穿的居家服都疊在一起，放在房間北側的角落。旁邊那一疊是洗好的衣服。髒衣服都放在房間的南側，以免混在一起。放不進書架的書和漫畫都按作家的名字裝在超市的塑膠袋裡，排成一排。來不及在收垃圾日丟出去的兩袋『可燃垃圾』放在窗邊，但這哪算是『亂成一團』？所有的東西都在規範的秩序下各就各位。

『雖然很多東西都放在地上，』我說道：

『但這是很合理的配置。』

『是我這麼放的嗎？』

『啊，』我叫了一聲，然後又說：『不是。』

看來，不擅長說謊的人，一開始就會露出馬腳。

『那是──我放的。』

『這個，』我抓了抓頭，『那個，』又清了清嗓子，想要爭取時間。

『是這樣的。最近，妳的身體一直不太好，根本沒辦法做家事。』

『是嗎？』

『對。妳整整躺了一星期。』

『所以，連衣服也沒有辦法洗，讓你穿這麼髒的衣服嗎？』

我看著自己身上的運動服。

『有髒嗎？』

『這算乾淨嗎？你穿幾天了？』

『只有三天而已。』

『如果你吃飯的樣子規矩一點，可能就不會那麼髒了。』

然後，她指了指洗好的那堆衣服。

『曬衣服的時候沒有拍一拍，衣服才會這麼皺巴巴的。』

『拍一拍？拍哪裡？』

澪搖了搖頭，似乎在說，算了，不跟你說了。

『爲什麼我睡了一星期，今天還可以去那裡散步？』

『在做復健。』

『是嗎？』

『——應該是。』

『應該是？』

『這是我們家的習慣，所以，妳說想要堅持一下。』

『我說了嗎？』

『好像有說。』

喔，澪嘆了一口氣。

『我，』

她把手放在自己的胸口，把臉湊近我。

『眞的是你太太？』

『眞的。不是可能，也不是好像，而是千眞萬確。』

她的表情似乎對自己產生了極大的質疑，好像在納悶，爲什麼自己會變成這個人的太太？

『我們的感情很好。』

這句話更增加了她的狐疑，早知道就不說了。我不知道她的狐疑是針對我，還是針對她自己。

『我姓什麼？』

『秋穗。』

『那麼，我叫秋穗 Mio？』

『對。Mio 就是水部加一個零字。』

『秋穗澪……』

『對。』

『我幾歲？』

『二十九歲，和我同年紀。』

『二十九歲。』

然而，她的人生曾經在二十八歲時落幕過一次。二十九歲曾經是不應該出現她生命中的未來。而且，此刻站在我面前的她，比以前看起來更年輕。

馮內果也說過，去了那個世界的人可以選擇自己喜歡的年齡。

眞的好年輕。

在馮內果的《囚犯》（Jailbird）這本小說中，他的父親在天堂才九歲。父親經常被調皮的壞孩子欺侮，被他們脫掉外褲和內褲。那些壞孩子把從他父親身上脫下的褲子丟進長得像是井一樣的地獄入口。在十八層地獄裡，傳來希特勒、尼祿⑬和莎樂美⑭的慘叫。

馮內果寫道：

『我想，希特勒不僅承受莫大的痛苦，還必須週期性地忍受我父親的內褲掉在他的頭上。』

我很慶幸，妻子回來時，沒有變成九歲。

『佑司君⑮幾歲了?』
她問道。
『啊?』從廁所裡傳來佑司的聲音。
『六歲。讀國小一年級。』
我回答說。
她在叫佑司時,加了個『君』字,顯得特別奇怪。雖然我們是親人,但我卻覺得她不是我的妻子,而是別人,比方說從小就很熟的堂姐妹之類的。
『也就是說,我是一個有六歲孩子的家庭主婦。』
『就是這麼回事。』
『我完全沒有這種感覺。』
『好像是。』
『既然我們都結了婚,我應該很喜歡你吧?』
她的表情似乎在說,這簡直是世紀之謎。
『或許妳覺得難以置信,但事實正是這樣。』
不知道爲什麼,我也失去了自信。爲什麼她會選擇像我這種人?連我都覺得不可思議。
『我們是在哪裡認識的?』
『讀高中的時候。我們是在十五歲的春天時認識的。』
『我們是同學嗎?』
『對,三年一直同班。』

她露出了善意的微笑。

『可不可以請你告訴我那時候的事？』

『好啊。』

我笑了笑（擠出一個最燦爛的笑容），開始娓娓道出遙遠的過去，我們在天眞的神話時代中幸福的邂逅。

『我們第一次見面——』

這時，廁所裡傳來沖水的聲音，佑司走了出來。

『啊，眞舒服。』

他似乎也順便讓廁所發揮了原本的功能。

『我兒子的襯衫，』

澪看著把濕濕的手往胸前猛擦的佑司問道：

『穿了幾天了？』

『第四天吧。』

其實是第五天。

『是嗎？』

『應該是吧。』

『吃飯的時候，難道不能再規矩一點嗎？』

『這小傢伙就是這樣。』

『你也是。』

『喔，對喔。』

所以，那天我和佑司在吃晚餐時都很規矩。

晚餐吃的是我很快就做好的肉醬義大利麵，我們連一顆碎肉粒都沒有掉到桌上，當然，也沒有弄髒襯衫。

太完美了。

澪也理所當然地吃著義大利麵，之後，也上了廁所。雖然這些行爲都不太像是幽靈做的，但由於她自己沒有意識到，所以做起來也很理所當然。

吃完飯，澪說她累了，就在裡面的房間鋪了被子躺下了。她的腦子一片混亂，頭腦混亂時，人特別容易累。

佑司慌忙把自己的被子鋪在她旁邊，手拿著《夢夢》鑽進了被子。只要澪在他身邊，他就感到幸福無比。

我在外面的房間看著佑司，他裝出在看書的樣子，卻不時地瞄著一旁的澪。當他確認她還在那裡時，小小的嘴唇之間發出一聲放心和幸福的嘆息。

我脫下身上的運動衣，連同佑司的襯衫一起丟進了洗衣機。

雖然我覺得不是什麼大不了的事，但好像衣服沾到可樂或醬油後，就不能再穿了。從來沒有人告訴過我這種事。澪還在的時候，隨時都會把乾淨的、燙得一絲不苟的衣服放在我的面前。

當我和佑司相依爲命時，雖然我儘可能扮演好父代母職的角色，但好像我的儘可能連普通標準的五成都沒有做到。

在這個浩瀚無垠的人世間，應該有完美無缺的單親父子家庭。在那個家庭中，父親和孩子都穿著既沒有皺摺，也沒有污漬的乾淨衣服；生活在像矽晶片（silicon chip）工廠的無塵室一樣一塵不染的房間裡；每到週末，父子就開車去郊外的影城，一起吃著爆米花，觀賞迪士尼的卡通。

太完美了。

這不是我能奢望的。從很久以前開始，我就放棄奢望自己做不到的事。我這個人欠缺了不少普通人應該具備的東西，所以，佑司也不可能像普遍家庭的孩子那樣長大。

然而，我還是很努力。

雖然應該注意的時候我沒辦法注意，雖然我會把應該牢記的事拋在腦後，雖然我會因爲太疲倦而在不該睡覺的時候睡著了，然而，我仍然很努力地慢慢改善。

這樣的我，不知道在她眼裡是怎樣的人？

其實，她回到這個星球的目的，就是要確認我和佑司有沒有好好生活。如果她還記得這件事，不知道她會說出什麼感想。

她會不會『啊』地嘆一口氣，然後說：『我就知道會這樣』？

至少，我很確定，她不會說：『哇，好厲害，你很努力喔』。

十點後，我沖了淋浴，換上睡衣。我半夜會醒好幾次，如果不這麼早睡，白天會很難熬。

對我而言，睡覺就像是在一幢巨大的大樓中，永無止境地漫步，進行夢境的巡禮。

大樓中有幾千個房間，我一旦發現有燈光透出的房間，立刻推門而入。房間裡放著老舊的電視，當我坐在沙發上，就可以欣賞一段像B級電影般的夢境。然而，過了一陣子，就會有個壞心眼的傢伙，關上電視的電源。
啪。
無奈之下，我只好走出房間，再度四處找尋下一個夢境。
夜晚慢慢消逝。
啪。
這種聲音讓我醒來，然後，又再度尋找下一個夢境。
啪。
啪。
累死人了。

我在隔壁的房間問澪。
『有沒有好一點？』
呆然地注視著佑司的她慢慢抬起視線，卻沒有落到我的臉上。她的視線還在我和佑司之間的曖昧空間中遊走。
『頭會痛。』
『會不會發燒了？剛才淋了雨，可能感冒了。』
她不置可否地點了點頭，既沒有肯定，也沒有否定：
『我也不清楚。』
『我可以去妳那裡嗎？』

我覺得，穿著睡衣去她那裡是一種不禮貌的行爲。對她而言，我是個初次見面的陌生人，我是顧及她的這種心理。況且，事隔一年，我也有點害羞。

『這裡是你的臥室，不用客氣。』

我走到澪的枕邊，跪在地上，將手放在她的額頭上。有點低熱的感覺。幽靈也會感冒嗎？

『可能發燒了，但不會很嚴重。』

『沒關係，睡一覺就好了。』

『是嗎？』

『對。』

我覺得好不可思議。

觸摸她額頭時的感覺好溫暖，散發著她的味道。

或許我們曾經有過這樣的對話，有過這種平淡無奇的交談。

我覺得她一年前過世的事實似乎變得不眞實了。或許，我只是做了一場夢，就像好萊塢描寫不治之症電影般的夢，剛才才從夢中甦醒過來？

啪。

然而，她的話否定了我的幻想。

『佑司君眞是個可愛的孩子。』

我覺得好悲哀，於是，用乾澀的聲音提醒她：

『他是妳的孩子啊。』

『對啊，眞希望我可以趕快想起這件事。』

『沒關係。』

『好。』

我思考著，或許，她離開這個星球時，就遺忘了她的記憶。她的記憶還留在這個房間。果眞如此的話，她在阿格衣布星球一定受苦了。因爲，那個星球的人都要爲『某個人』寫書。沒有記憶的人只能寫失去記憶是多麼空虛。這種書應該不會好看。

我一定要告訴她很多很多的回憶，讓她可以帶著這些記憶回到那個星球。然後，她就可以把我和佑司的事寫成書。

就可以讓『某個人』看了。

佑司抱著《夢夢》睡著了。小小的嘴微微張著，緊閉的薄薄眼瞼上，可以看到青綠的靜脈。他睡得很安穩。半塞的鼻孔發出『呼，呼』的沈重呼吸聲。

幸福的王子。

他的夢境一定很美。

我把《夢夢》從佑司手上拿開，放回他作爲書架使用的彩色架上。

『晚安。』

我對身旁的澪說道。

『你向我道晚安，你要去哪裡睡？』

『我會在隔壁房間鋪被子睡覺。』

澪慢慢地搖著頭。

『你要睡這裡，睡在佑司君的旁邊。我們三個不是每晚都這麼睡成「川」字嗎？』
『是沒錯啦——』
其實並不是這樣。我們一直都是兩個人睡。
佑司睡在我旁邊。
我們兩人只能睡成『刂』字。
『妳沒有關係嗎？該怎麼說，現在妳的心裡，我是妳今天才遇到的陌生男人。』
『沒關係。一切保持自然就好，或許這也可以讓我早日恢復記憶。』
或許，妳永遠失去了妳應有的記憶。
連同妳的生命一起失去了。
這句話已經滑到了嘴邊，我還是硬生生地呑了下去。
『那，就這麼辦吧。』
我和澪分睡在佑司的兩側。我拉了照明的開關，關上了日光燈，只留一盞橘色的小燈泡。佑司有時會在半夜上廁所，所以，我都會爲他留一盞燈。
不知爲什麼，我覺得好緊張。
她一點都不像幽靈，愛再度在我的胸中引吭高歌。
呵—呵呵，喲—呵呵，呵—呵呵，喲—呵呵！
多麼令人振奮的詠嘆調。
『那個，』她說。
『嗯？』

『剛才你還沒說完的事，可不可以繼續說給我聽？』
她喃喃地說道。
她的聲音激起了我內心的某種東西，這種東西在我的胸中漸漸擴散，滿溢到喉嚨，衝到鼻腔深處和眼瞼背面，我快要哭出來了。
『好啊，』我說道：
『那我就繼續說下去。』

我們在十五歲時相遇，那時候，我們的世界只有昨天、今天和明天。
妳應該能了解吧，那種年紀，既不會回顧以往，對明天以後的事也毫無興趣。
妳是個瘦小的女生。
與其說妳是個中性的，像小男生一樣的女生，還不如說妳就像是一個有著小女生外表的小茶匙精靈。一頭超短的短髮可能比班上任何人（包括男生在內）都短。
而且，妳竟然戴著銀色金屬框的眼鏡。
對那種年齡的女孩子來說，這種打扮等於在向全世界宣布：
『我對男生完全沒興趣。所以，別來招惹我。』
我記得，當時全年級只有三個人戴眼鏡。但大部分女生即使視力不佳，在學校也絕對不會戴眼鏡。不是戴隱形眼鏡，就是瞇著眼睛看東西。
這是十五年前的事了。當時的眼鏡不像現在那麼時髦，時髦的女生也不會戴眼鏡。
所以，從另一個角度來說，妳很引人注目，很明顯地與眾不同。妳的臉比其他同學小兩號，還有和這張小臉不成比例的虎牙等等，十五歲的妳在我的腦海中留下的深刻印象勝過任何人。

我這個人本性單純，凡事都只看表面，所以，對妳釋放出的信息也照單全收。

『我懂了，我不會去招惹妳。』

其實，我從來沒有去招惹過任何女孩子。

但是，我要聲明，我的確已經注意到妳的魅力。

妳很認眞。雖然很多人並不認爲認眞是種魅力，但我覺得認眞的女人最美麗，我甚至認爲，認眞是最崇高的美德，必須受到更正當的評價。認眞是信賴的基礎，信賴是構成愛的重要要素。所以，認眞的人比那種注重感官的人更懂得眞愛。我也是認眞的人，所以很了解這一點。

雖然當時我沒有注意到，但其實妳有著豐富的感性，具備了通曉幽默的聰慧。最值得一提的，就是妳的頭形、脖頸至下巴的曲線非同凡響，是骨相學上無懈可擊的完美相格。所以，經常有人拜託妳做他們繪畫或雕塑的人體模特兒，也常被挑選爲攝影模特兒。妳也是我教科書上塗鴉的模特兒。

在十五歲的春天，我遇到了這樣的妳。

我們同班、同組，我就坐在妳的後面。

之後的三年，雖然每年都會重新編班，但我和妳永遠同班、同組，我不是坐在妳的右側、左側，就是坐在妳的後面。所以，一天中的大部分時間，我們都是在半徑一公尺的小圓中共同度過的。

在那個年紀，我們在性方面已經成熟，爲了傳宗接代而尋找自己的另一半。我們藉由化學物質不斷向自己的周圍發出這種信息。接受這種信息的人，在不自覺的情況下，也會釋放出化學物質作爲回應。這就是在無意識狀態下傳遞的戀愛信息。

被封閉在一公尺以內的我和妳，比別人更頻繁地交換著這種化學物質。用鉛筆抄寫黑板上的筆記時，強打起精神聽老師的授課內容時，我們仍然運用這種小小的通訊方式交換著意見。

（有人在嗎？我在徵求戀愛對象。）

我們完全不知道，在我們自己也不知道的地方，正進行著這種親密的行爲。

妳戴著金屬框的眼鏡，像和戀愛無緣的小茶匙精靈一樣超然。頭髮永遠都是那麼短，制服的裙子總是超過了膝蓋，耳環、項鍊、口紅都和妳無緣。上課時，妳總是專心地記筆記，視線很少停留在黑板、老師、教科書和筆記本這四點以外的地方。

無論從哪個角度來說，妳都是個模範學生。

太完美了。

然而，妳的成績卻無法名列前茅，這個事實的確是個有點好笑的注釋——妳既不是天才，也不是秀才，只是個認眞的努力家，是個無法投機取巧的老實人。妳欣然答應將筆記借給其他同學，那些同學經常考得比妳還好。妳的筆記字跡端正，重點歸納得十分清楚，一看就懂。妳的筆記也幫了我的大忙。

我平時就很少進教室，甚至連教科書也很少帶，但仍然能夠維持馬馬虎虎的成績，全拜妳的魔法筆記所賜。總之，只要看過妳的筆記，想要在考試時混個及格分數簡直易如反掌。妳不算是個機靈的人，無法像別人一樣充分發揮自己筆記的利用價值，但妳對此並不在意。即使需要花上比別人更多的時間，妳仍然選擇腳踏實地前進……

澪不知道在什麼時候已經睡著了。

我閉了嘴，她的臉龐在橘色燈光的映照下，配合呼吸的節奏，微微起伏著。

她在呼吸，彷彿眞的活著。

她臨終日子的記憶突然閃現在我的腦海，一陣劇痛劃過我的胸口。

我會不會再度失去她？

我希望可以和她廝守。從今而後，直到永遠，直到我死爲止。

即使她是幽靈也無所謂。即使她已經忘了我們的事，也無所謂。

只要能和她廝守，只要這樣就夠了。

我輕輕地對她說：

『晚安。』

佑司回答了我：

『是嗎？』

當然，他是在說夢話。

譯註⑬古羅馬皇帝，史上惡名昭彰的暴君。

譯註⑭莎樂美（Salome），《新約聖經》中的人物，對施洗約翰懷有激情，但約翰決定將自己奉獻給上帝，無法接受她的愛，而遭到她的報復，被砍下頭顱。

譯註⑮日語中，在人的名字後加一個『君』字，代表對平輩或晚輩的敬稱。

7

第二天早晨，當我醒來時，她已經起床，正在準備早餐。

『妳身體還好嗎？感覺怎麼樣？』

『還有點頭痛，但比昨天好多了。』

『妳不用勉強，我會做早餐。』

『沒關係，稍微動一下反而可以分散注意力。』

我洗完臉、刷完牙後，坐在餐桌旁。

『妳的記憶呢？』

『沒想起來什麼，和昨天差不多。』

她把裝著肉丸和炒蛋的盤子排在桌上。

『和便當的菜色相同。』

『沒關係，平時也是這樣。妳怎麼知道我午餐都帶便當？』

『我看到便當盒放在洗碗架上。』

『喔，原來是這樣。』

『你要不要先吃？』

『等佑司起來一起吃，平時也都是這樣。』

一切似乎太天經地義了，我幾乎產生了錯覺，彷彿昨天和之前的每一天，都像今天一樣，和澪一起迎接一天的開始。

她用小毛巾擦著手，在我對面坐了下來。她穿著翠綠色運動服，上面印著以前工作的健身俱樂部的圖案。這也是她平時常穿的家居服。長長的頭髮綁成的馬尾也一如往常。頭髮濃密的她總是把馬尾綁在靠頭頂的位置，這也和以前的她一模一樣。

『妳的髮型，』我說道，『眞令人懷念。』

她聽到我的話後，沈思了片刻。

『我很久沒綁馬尾了嗎？』

我『啊』了一聲，隨即又說：『沒有。』

『因爲我在做菜的時候頭髮一直掉下來，所以我才綁起來。』

『對，可能是這樣吧。沒錯。』

這不是我不會說謊，而是我記憶力的問題。我已經把騙她的事忘得一乾二淨。

她神情訝異地看著驚慌失措的我。

『我覺得有點不太對勁。』

『什麼事不對勁？』

『你啊。』

我又『啊』了一聲，然後又說：『對。』

『沒關係。』

我說道：

『沒什麼不對勁的。』

『算了，』她重重地嘆了一口氣。

『我每天都在這裡做料理，爲你和佑司君做料理吧？』

她看著沾滿油污的瓦斯爐和積滿水垢而變色的流理台。

『對啊，正是這樣。』

瓦斯爐旁的牆壁上沾滿了我第一次（也是最後一次）挑戰炸薯條時留下的焦痕。我忘了油鍋放在瓦斯爐上加熱，結果，竄出了巨大的火焰。我慌了手腳，用水桶裝了浴缸裡剩的水倒在火上。不用說，這是錯誤的示範。但隨著一聲巨響，火焰竟然奇蹟似地滅了。燒得像木炭一樣的薯條四散，這突如其來的意外讓我又發作了，差一點暈厥。

這已經是三個月前的事了。

『我問你，』她說。

『什麼事？』

『昨天臨睡前，你說我以前做事很認眞，你說了好幾次，對不對？』

『對，我說了。妳眞的很認眞。』

『但我在這裡卻變成了極其懶惰、不負責任的人。廚房、浴室和廁所好像已經很久沒有清潔過了，冰箱裡放滿了速食食品。』

她努力對我擠出笑容，但看起來好像在哭。

『可見模範學生並不一定會變成模範家庭主婦。』

『不，不是這樣的。』

我幾乎快發作了。

她用一種期待的眼神看著我。

我又重複了一次：

『眞的不是這樣的。』

她的眼睛蒙上了一層陰影。

我向來不擅長用具有說服力的話說服別人。這種時候，我往往會說出一些不經過大腦思考的話。

『眞的啦。』

我又說了一遍，但聲音很輕，彷彿在自言自語。雖然我搜腸刮肚地想要找出一個虛構的理由，卻徒勞無功。

『以後我會告訴妳。』

我說：

『其實，』

我張開雙手指著整個房間。

『這是有原因的。』

『眞的嗎？』

『眞的。』

她在的時候，房間不是這個樣子。廚房、浴室和廁所都十分乾淨，井然有序。冰箱裡放滿新鮮的食材，完全看不到速食食品。是我把這裡搞成這個樣子的。沒有她的筆記，考試就過不了關的我，長大以後也一樣。無論我再怎麼努力，沒有了她，生活就會變調。

『你的頭髮，』她的眼神十分朦朧。

『今天晚上我幫你剪。』

『頭髮？』

我用手指繞著自己的鬈髮。

『你最後一次剪頭髮是什麼時候？』

『好像是三個月前。』

『你有在上班吧？』

『對啊。』

『你這樣一頭亂髮也沒有人說話嗎？』

『從來沒有人說過什麼。有這麼亂嗎？』

『好像剛睡醒的獅子。』

『那眞的有夠亂的。』

『你找到一個好職場。』

她說的完全正確。

那是一隻對剛睡醒的獅子也很寬容的大白熊犬。

但是，她沒有說『要記得去理髮』，而是說『我幫你剪』。沒錯，我和佑司的頭髮都是她幫我們剪的。難道她記得這件事？

『妳幫我剪嗎？』

她點了點頭作爲回答。

『我覺得我應該會剪。』

『一直都是妳剪的。』

『那就沒問題了。俗話不是常說，手會記住已經學會的東西。』

但是，問題可大著呢。

這件事等一下再談。

由於澪幫我準備了早餐和便當，我難得享受了一個優閒的早晨。我喝著她幫我泡的花草茶（家裡哪裡有茶葉？），隨意聊著有關她的事。

妳的生日是一月十八日，是所有占卜都寫著愼重、富有毅力的魔羯座。

妳在結婚前姓榎田。娘家在搭電車往北三十分鐘的地方。家裡還有父親、母親，以及弟弟和妹妹。

妳和家裡的所有人都不像。說起來，妳的五官長得像我的家人，好像從小就是在我家長大的。

我的父母住在搭電車向南十五分鐘的地方。

我沒有兄弟姐妹，是大家覺得『這就是一種病』的獨生子。

不僅如此，我還有許多其他的問題，反正，以後我會慢慢告訴妳。

妳在國中時參加了器械體操社團，擅長的項目是跳馬。我也曾經見識過（上體育課時，妳爲大家示範表演），妳的跳躍能力出類拔萃。和妳相比，其他學生的跳馬簡直像嬰兒學步。

眞的。

但是，妳總是不能在落地點停下來。所以，每次得分都只有6.50左右。雖然被吸收進入校隊，但妳屬於那種『墊底』選手。所以，進入高中後，妳沒有選器械體操，而改爲自由體操，這是一項明智的選擇。因爲，在自由體操的跳躍後仍然要繼續舞動，根本不需要停下腳步。

『我參加了自由體操的社團？』

『對。而且還是很有名的社團，好幾次在高中聯賽中得到冠軍。』

『好厲害。』

『妳是個很優秀的選手。雖然沒有去參加高中聯賽，但在地區比賽中，成績也還不錯喔。』

『眞不敢相信。』

『是嗎？』

『那種自由體操嗎？』

『對啊，就是那種自由體操。』

『我嗎？』

『沒錯，就是妳。』

澪呵呵地笑著。

『我覺得好不可思議。』

『可能吧。』

『那你呢？』澪問道。

『你參加什麼社團？』

『我參加田徑社團。』

『原來你以前是跑步的。』

『現在也常跑。高中時，我是八百公尺的選手。』

哇，澪皺著眉頭叫了起來。

『跑起來多辛苦。』

『即使再辛苦的事，』我說道：『只要是自己心甘情願的，就不會覺得太辛苦。』

『是嗎？』

『一定是。』

『喂，佑司！』

隔壁房間傳來一個很故作熟絡的男人聲音。

澪嚇了一跳，渾身僵硬起來。

『是鬧鐘。』

我告訴她。
『妳聽聽看。』
『我帶禮物來送你了。』
『你看一看，我就放在這裡。你睜開眼睛看一下。』
『對，眼睛再睜大一點。放在這裡，這裡喲。』
『哪裡？』傳來佑司喃喃的聲音。
『這裡啊。對，眼睛要睜大。』
『到底在哪裡呀？』
這次的口齒清晰多了。
『好，你已經醒過來了。來，你要看清楚，這是我送你最棒的禮物。這裡有全新的一天。』
『哇，我又上當了。』
早安，佑司揉著眼睛，從隔壁房間走了出來。

『我兒子的頭髮比你更可怕。』

『啊，他睡相不好。每天早上都很嚴重，不知道他是怎麼睡的。』

佑司的頭髮就像『史努比』裡的糊塗塌客[16]，像一直迎著北方前進的旅人。只穿著睡衣的上半身和一件內褲，睡褲還留在他的被窩裡。

他用焦點不定的眼睛看著我們，拚命抓著頭，若有所思的樣子。

他緩緩地閉上眼睛，然後再慢慢地張開。

『媽媽？』

佑司的臉越來越紅，淚水含在眼眶裡。

『是媽媽，眞的是媽媽？』

他衝向澪，用力抓著她的手。

『是媽媽，媽媽回來了。』

佑司環抱著澪的腰，將通紅的臉貼在她的胸前。嘴裡不停地叫著『媽媽，媽媽』，緊緊地抱著澪。

我站了起來，走到佑司的身後。

佑司滑到半腰的內褲像尿布一樣鼓了起來。褲管下的雙腿瘦得令人心痛，膝蓋後方的青筋依稀可見。

『佑司，』我說道：

『媽媽的病好了，今天早晨又開始爲爸爸和你做早餐了。媽媽又沒有去哪裡，你太大驚小怪了。』

佑司的肩膀抖動了一下，屏住呼吸，好像在思考什麼。在他的小腦袋裡，一定正拚命思考昨天至今發生的事。

『媽媽的頭被撞到，失去了記憶。你想起來了嗎？』

佑司抱著澪，用力地點了點頭。

『佑司，你眞愛哭。』

他又點了點頭。

『快來吃早餐吧。媽媽做的，很好吃喔。』

佑司慢慢離開澪，低著頭，坐回自己的座位。

『先要去洗臉、刷牙。』

他仍然低著頭，走進洗臉台。我目送他走進去後，繼續看著澪。

『我昨天也告訴過妳，佑司很愛哭。』

『好像是。』

『可能是好久沒有在起床後就看到妳，心裡太高興了吧。昨天早晨，妳還躺在床上。』

『是嗎？』

她的眼神中帶著訝異。我露出僵硬的笑容，做出『妳爲什麼會有那種表情？』的表情。

『我覺得有點不太對勁。』

澪說道。

『什麼不對勁？』

『你們啊。』

『不，』我又繼續說，『沒事啦。』

『根本沒事。』

但是，我已經黔驢技窮了，我覺得自己就像是爲了掩飾說謊而吹起口哨的蹩腳演員。

佑司回來了，坐到自己的椅子上。

『來吧，我們吃早餐吧。我開動了。』

我故意大聲地說，想要阻止事態繼續向危險的方向發展。

『我開動了。』

佑司也說道。

澪時而看看我，時而又看著佑司了好一陣子，我們故意裝作沒看到，大口地吃著早餐。

終於，她輕輕地嘆了一口氣，說：

『你們吃飯要規矩一點，全都撒在桌子上了。』

吃完早餐，我脫下睡衣，換上西裝。看到我穿西裝的樣子，澪倒抽了一口氣。難道我這樣就脫胎換骨了？我故意擺出像《男人幫》雜誌上的模特兒的姿勢。

『你，』澪說道。

『怎麼了？』

『你一直都穿這套西裝去上班嗎？』

我好像會錯意了。至少，從她的口氣中就可以感受到這一點。

『沒錯啊。』

我回答道。

『這是冬天的西裝吧？這種布料是冬天穿的厚實材質。』

『是嗎？』

我好像變成了佑司。

『而且，尺寸也完全不合。整個肩膀都垮下來了。』

我沒注意到。

沒有人告訴過我。

這時，我突然靈光乍現，出現了一個女孩子的身影。

事務所的永瀨小姐，她那奇妙的態度。

啊，原來是這樣。原來她是想要告訴我這件事。

『因爲我瘦了很多。』我爲自己找藉口。

澪去世後，我幾乎食不下嚥。我原本食量就小，之後更是每下愈況，人也漸漸消瘦。原本六十二公斤的體重掉到只剩五十四公斤，之後，一直維持這個數字。

西裝當然會變得鬆垮垮的。

然而，我根本無暇顧及這種事。

我只是剛好拿到掛在最前面的西裝，之後就一直穿在身上而已。

她打開衣櫃，從裡面找出一套春夏季的西裝遞給我。我試了試，當然也是鬆垮垮的。

『你的樣子很奇怪。』

我穿著肩膀垮下來的西裝，像呆瓜一樣笑著，她看著我不禁說道。

『有什麼奇怪的？』

『你眞的住在這裡嗎？』

她的眼神中，帶著一抹哀愁。

『我雖然相信自己是你的妻子，但我們是不是擅自闖入了別人的家裡？』

說得有道理。果眞如此的話，房間這麼亂也就情有可原了——因爲，她並不住在這裡。也可以解釋西裝不合身的理由——因爲，這是別人的西裝。

『沒這回事。』

我說道：

『這是我們的家。我剛才也說了，我瘦了很多。』

『爲什麼？』

『反正，這也是我面臨的諸多問題中的一個。我以後會告訴妳。』

『以後？是什麼時候？』

她抱起雙臂，一副不想繼續讓步的氣勢看著我。

『今天晚上。』我說：

『今天晚上告訴妳，告訴妳我面臨的諸多問題。』

『好，那我就等到晚上。』

然後，澪開始幫佑司準備早晨出門前的工作。佑司連平時都是自己扣的鈕子，也讓澪幫他扣，這簡直是退化現象。

算了，沒關係。

因爲，看著眼前的情景，會覺得這個家的時光倒流了一年以上。

出門前，我對澪說：

『我想，妳最好還是不要外出。』

澪沒有多加思索，就輕輕地點了頭。

『妳的臉色還不太好，最好在家裡多休息。』

『我知道。』

其實，我更擔心的是左鄰右舍的眼光。我們雖然很少和周圍的鄰居來往，但還是有人知道澪在一年前離開了人世。

這幢公寓的格局有點特別，在公寓的六個單位中，有四個單位是套房，只有靠東側的一樓和二樓（我們家）這兩個單位是一房一廳的格局。因此，公寓裡的住戶不是學生就是單身的上班族。這一年內有三個單位的人搬家了，現在，只剩下一〇一室的上班族男子，和住我們樓下的一〇三室的年輕夫妻認識澪。大家白天都去上班了，即使澪出門也不會遇到他們，但凡事還是小心爲妙。

澪站在玄關送我和佑司出門。

『路上小心。』

人即使沒有了記憶，動作舉止也會像以前一樣嗎？澪站在門口送我們出門時，她的動作，她的聲音，她的表情都和她生前如出一轍。

『路上小心，佑司——』

澪吞下了『君』這個字，她的笑意寫在臉上。

然後，她對我說了『路上小心』，卻露出了困惑的表情。

『對了，』她說，『我還沒有問你叫什麼名字。』

『啊～』我點了點頭，便向她報上了自己的名字。

『我叫巧。』

『巧？』

『對，就是靈巧的巧。』

『喔，是阿巧。』

『雖然我一點兒都不靈巧，眞是輸給了這個名字。』

『對啊。』

她立刻點了點頭，然後，調皮地笑了。

『所以他才叫你「小巧」？』

『對。』

『那好，』她一副重新來過的樣子。

『巧，路上小心。』

即使她說『我愛你』，也不至於讓我的內心如此痛苦。

我熱淚盈眶。

一定是因爲這句話我已經聽了一千遍的關係，每天早晨，她都用這句話送我出門。這句話是我們婚姻生活的象徵。

『我走了。』
我充滿愛意地說道。
『早安』、『晚安』，或是『真好吃』、『怎麼了？』、『睡得好嗎？』，或是『過來這裡』，這些平淡無奇的話語中都充滿了愛。
這就是夫妻，我暗自思忖著。
雖然，以前我從來沒有感受到這一點。

譯註⑯史努比的好朋友 Woodstock。

8

一踏進事務所，我立刻去找永瀨小姐。

『雖然為時稍晚，但我的衣服換季了。』

我將雙手舉起，和身體保持平行，向她展示著薄材質的西裝。

『喔，對，是耶。』

不知道為什麼，永瀨小姐滿臉脹得通紅，一副坐立難安的樣子。原以為她會更高興，但她卻像做了壞事被抓到的小孩子一樣不知所措。

『永瀨小姐，妳一直很在意這件事吧？』

『對，對，是的。』

她的臉更紅了。

『讓妳擔心了。』

聽我這麼一說，她在胸前拚命搖著雙手，嘴裡說著『不，沒有啦』，逃進了茶水間。

我覺得，她是個很特別的女孩子。

我比往常更加謹慎地工作。便條紙的數量變多了，平時不需要寫下來的小事，也都用文字一一記錄下來。這是我給十分鐘後的我的留言，留言板一下子就擠滿了。反過來說，我已經處於如此缺乏自信的狀態，因爲，我滿腦子都是澪。

簡直就像在戀愛一樣。不，根據我爲數不多的經驗來看，這就是戀愛。

原來是這麼回事，我在心裡想道。

這就是戀愛。

我正在戀愛。

我愛上了妻子的幽靈。

太完美了。

然而，我也同時感到不安。

我擔心在我離開公寓的這段時間，她就會消失無蹤，我整天在想這件事。這種失去的預感和戀愛的心情交織在一起，令我內心充滿名爲『痛苦』、『愛戀』的化學物質。我拚命克制著自己想要立刻趕回家一探究竟的心，好不容易熬到完成一天的工作。

我簡直就像第一次戀愛的小鬼頭一樣，我在心裡想道。

人一定可以無數次愛上同一個人，而且，每次都會變回長滿青春痘和內心敏感的十多歲小鬼頭。

9

『我回來了。』我喘著粗氣衝回家裡，澪和佑司的『你回來了』響起了三次合音。『呼～』我終於放心地嘆了口氣。

基本上，他們的聲音很相似。其實，我和佑司的聲音也很像。但我和澪的聲音一點兒也不像。

眞是不可思議。

澪正在幫佑司剪頭髮。

佑司坐在椅子上，她正豪邁地用剪刀不斷地剪下他的頭髮。好令人懷念的景象。鋪在榻榻米上的野餐布也和以往一樣。

『小巧，』佑司說，『媽媽正在幫我剪頭髮。』

『對啊。』

我脫下西裝外套，掛在衣櫃裡的衣架上。

『咦？』我叫了起來。

『房間變乾淨了！』

『是嗎？』佑司說。

『我整理得好辛苦。』澪說道。

『妳身體還沒有完全好，不用這麼累嘛。』

『模範家庭主婦怎麼可以這麼偷懶。』

『喔，但眞的很累吧。』

我好高興。並不僅僅是因爲房間變乾淨了，更因爲這種行爲更符合她的風格。當時的她，眞的是一位模範家庭主婦。即使失去了記憶，澪仍然是如假包換的澪。這件事讓我樂不可支。

『嗯，差不多了吧。』

澪向我展露出一個生硬的笑容，令我產生一種不祥的預兆。

我一邊說著『讓我看看』，一邊走到佑司旁，驗收她的成果。

『怎麼樣？』佑司問我。

『帥嗎？』

距離『嗯，帥……』的形容相差了十萬八千里。

前面的頭髮在額頭很上方的位置形成一個歪斜的拱形。右側的地方修剪過頭，有兩個地方都露出了頭皮。我又繞到他的身後，後面有一個地方可以看到粉紅色的頭皮，而且，脖子上的髮際比原本的位置高了好幾公分。

簡直就像光頭小孩戴著一頂毛線帽。

老實說，佑司看起來很呆。

『妳不是說，手會記住已經學會的東西嗎？』

聽我這麼一說，佑司一臉不安地問：『怎麼了？』

『看來，這種東西也會忘記。』

澪接著說。

佑司又問一次：『怎麼了？』這次比剛才更大聲。

『接下來輪到你了。』

可能我露出了太惶恐的表情，她立刻補充說：

『你不用擔心。我幫兒子剪了頭髮，已經大致掌握了訣竅。』

『什麼意思？』

佑司問。

於是，我坐在了剛才佑司坐的位子。

佑司一獲得解放，急忙衝進洗臉台。

『哇噢！』，只聽到一聲慘叫，之後就沒了聲音。

『那就拜託妳了。』

我一邊惦記著洗臉台的動靜，一邊對她說道。

『你不要動喔。』她說：

『我會剪到其他地方。』

聽到這句話，我可以感受到我原本就脆弱的心臟嚇得縮成了一團。

『你的頭髮還眞鬈。』

『小時候，別人都叫我鄧波兒⑰。』

『鄧波兒？』

『對啊，秀蘭．鄧波兒。妳不知道「鬈毛頭」這部電影嗎？』

『不知道，也可能是我忘了。』

『沒關係，反正她是半個世紀以前的童星。』

難怪，她笑著說道。

對了，以前我也這麼問過她，當時，她還笑我。

（那麼，到二〇五〇年的時候，我就要問你知不知道誰是維多莉亞．希維索⑱。）

眾所周知，她是扮演『悲憐上帝的女兒』（Ponette）的著名童星。當時，我們理所當然地認爲，即使到了二〇五〇年，我們仍然在一起。雖然兩個人都已經老態龍鍾，但仍然在一起。

這是我們的幸福時代中，令人欣慰的一段小插曲。

『好了，剪好了。』

這次，她一副自信滿滿的樣子。

我心有餘悸地看著她手上的鏡子。鏡子裡，也有一個男人一臉擔心地看著我。他的頭髮雖然參差不齊，但總算是可以見人的髮型，看起來有點像是親切版的席德．維謝斯⑲。對了，他現在也是阿格衣布星球上的居民。

『妳說得沒錯，』我說道，『妳眞的抓到訣竅了，這樣沒問題。』
『那我的呢？』佑司問道。
他戴著學校的黃色帽子。
『也沒問題。你這樣好可愛，任何人都會忍不住愛上你。』
『是嗎？』
『當然，妳說對不對？』
聽我這麼一問，澪露出極度困惑的表情。
『佑司，對不起。』她說道：
『但爸爸說得沒錯。雖然沒有剪得很帥，但每個人都會喜歡你。』
『媽媽也喜歡嗎？』
『當然。只要看到你，媽媽就有心動的感覺。』
『那就好。』
佑司脫下了帽子。從前面看，緊貼在頭皮上的琥珀色頭髮也像是一頂毛線帽。
但是，他眞的很可愛，這就是小孩子神奇的地方。可以運用逆轉魔法，把缺點化爲魅力，雖然，這種魔法往往只對父母奏效。
澪讓我們趁她準備晚餐的時候去洗澡，於是，我和佑司走向浴室。
『媽媽以前很拿手啊。』
佑司一邊脫衣服，一邊說道。

『什麼拿手？』

『剪頭髮很拿手啊。』

『喔～對啊。看來，她連這些也忘了。』

『是嗎？』

『應該吧。』

『但她還記得怎麼煮飯。』

『也對喔。』

佑司說得沒錯。

記憶到底是怎麼進行取捨選擇的？難道對她來說，料理的食譜是比有關我和佑司的回憶更寶貴的記憶嗎？

果眞如此的話，就代表我們的地位還不如蛋包飯或奶油燉菜。這也未免太過分了。一定有其他的理由。

（我決定這麼認爲。）

我一邊幫佑司洗頭，一邊問他：

『媽媽在家，你覺得高興嗎？』

佑司思考良久後，小聲地回答：

『我也不知道。』

他的回答出乎我的意料，我有點驚訝。

『爲什麼會不高興？』
『因爲，』佑司擦著從額頭上滑落的洗髮精泡沫說道：『媽媽住在阿格布衣星上啊。』
『對啊。』
『所以，總有一天，她要回去那裡啊，對不對？』
『但是，你看，媽媽已經忘了這件事——』
佑司緩緩地搖了搖頭。
『即使媽媽忘了，一定會有人來接她。每個故事都是這樣，最後都會離開。』
『所以，』佑司說：『所以，我很想哭。』
即使這麼年幼的孩子，心裡也十分清楚這個道理。當一個人眷戀著自己所喜歡的人時，這份眷戀一定會伴隨著離別的預感。他已經有過一次這樣的經驗。
『即使眞的是這樣，』
我說道：
『現在媽媽在這裡，也是一件幸福的事。所以，我們要好好珍惜。』
佑司雖然說『好』，但我不知道他心裡是怎麼想的。
我一邊用蓮蓬頭幫他沖洗著頭髮，一邊叮囑他：
『我再提醒你一次，媽媽一直和我們在一起，從來沒有離開過。』
『我懂。』佑司說。
『但是，媽媽好像有點起疑心了。』
『對，所以我們要更加小心。』

『我知道了。』

『好，ＯＫ。你可以出去了。』

佑司走出浴室，大聲地對澪說：

『媽媽，我洗好了。幫我擦身體！』

眞是夠了。我在心裡想，我好不容易花了一年的時間才教會他照顧自己，這下子他又『故態復萌』了。

當我走出浴室時，佑司只穿著一件寬大的兒童三角褲，澪正在幫他清耳朵。他將頭枕在跪坐的澪的大腿上，閉著眼睛，一臉幸福的笑容。

『好可怕。』

澪說道：

『這孩子的耳朵裡好可怕。』

澪問我，你有幫他清耳朵嗎？我想了一下，回答她說，沒有。

『我想他自己應該會處理。』

『六歲的孩子怎麼可能自己處理？』

她嘴裡不停說『這是什麼東西啊？』、『到底怎麼回事？』，嘀咕了一陣子，突然倒抽了一口氣，便陷入了沈默。隨後，就聽到桌子上發出『卡啦』的沈悶聲音。

『阿巧。』她在叫我。

『你來一下。』

我用浴巾擦著濕濕的頭髮，朝他們走去。

『什麼事？』

她手指著桌子，我探頭注視著桌上的物體。

『難道，』我戰戰兢兢地問道：『這是從佑司耳朵裡挖出來的？』

澪用一種好像含著很苦的東西時的表情點了點頭。

『哇噢』，我大叫一聲，把燒酒螺丟了出去。

『哇噢』，佑司大叫起來。

『小巧，你幹嘛叫那麼大聲！我耳朵都痛了。』

他用小手用力塞住耳朵。

我終於搞懂了。

我終於搞懂了他為什麼整天都問『嗯？』或者『啊？』的原因了。全都怪這個層層疊疊地石化的耳垢。他在這麼小的耳洞裡細心地藏了一年份的耳垢（他最喜歡藏東西，就像藏工廠的螺栓那樣）。

另一個耳朵裡也挖出了同樣的燒酒螺。

他對自己的聽力一下子變好感到很不舒服。

好一陣子，他不停地嘟囔著『哇噢，怎麼回事？』、『好奇怪』，或是『好吵喲』。

如此這般，她一一調整了經過一年的時間，已經慢慢變調的音階。沒有記憶，甚至連生命都沒有的她，為什麼可以比我更堅強？這到底是怎麼回事？因為，她是與眾不同的。

對我和佑司來說，她是傳說中的女人。

譯註⑰秀蘭・鄧波兒（Shirley Temple）是好萊塢三〇年代的著名童星，從四歲就開始拍片，她所主演的『亮眼睛』、『小天使』和『鬈毛頭』很受歡迎，一頭鬈髮爲她的一大特色。

譯註⑱Victoire Thivisol，於一九九六年以『悲憐上帝的女兒』一片獲得威尼斯影展影后。

譯註⑲Sid Vicious，性手槍合唱團（Sex Pistol）的貝斯手，一九七九年二月二日因吸食過量海洛因死亡。

10

吃完晚餐，我們三個人一起去散步。

雖然澪的頭痛沒有改善，但她說，吹吹夜風，或許可以分散注意力。我有點猶豫，但又想到夜色下，別人只能看到一個輪廓而已，所以，就決定帶她出去散步。

我們走在一片淡墨色的柔和夜色中。細細的彎月懸掛在森林的稜線上，倒影在隨風泛起漣漪的田間水面，不停地抖動著。

『好涼快。』

澪說：

『最近都下雨的關係。』

佑司和澪牽著手走在前面，我跟在他們後面。我內心也有想要和澪牽手的蠢蠢欲望，卻說不出口。佑司可以輕而易舉地做我做不到的事，不禁令我產生了小小的嫉妒。

『對了，』她說道，『你到底面臨什麼問題？你不是說晚一點會告訴我嗎？』

『啊，是那件事。』

馬路的盡頭是灌溉溝渠，我們向左走。遠處平交道的燈一閃一閃的。

『在說那件事前，我再聊一下我們的事。』

『好啊，沒問題。』

我加快了腳步，走到她的旁邊。

『那個，』我開始繼續說下去。

『高中時，我們還不是戀人。』

『因為我戴著眼鏡，瘦巴巴的，是個毫無趣味可言的模範生。』

我看著前面，輕輕地笑著。

『但是，』我說道。

『什麼？』

『但是，其實我很喜歡戴著眼鏡、瘦巴巴，毫無趣味可言的模範生。』

『是嗎？』佑司問道。

『是啊。只是當時我根本沒有想到，這樣的女孩子正在尋求戀愛對象。』

『尋求戀愛對象？』

澪問道。

『沒錯，我漏失了這個信息。』

『那我呢？』她問道：『當時我怎麼看你的？』

『一樣。我當時也是個怪胎，大家都說我討厭和人相處。妳也沒有想過要和這種男生戀愛。』

『我這麼說嗎？』

『對。』

『看來，我們都很晚熟，竟然會有這種想法。』

『沒錯，是國寶級的晚熟。』

『而且，』我繼續說道：『我們當時熱中於社團活動。妳拚命在跳啊丟啊的。』

『在練自由體操吧。』

我點了點頭。

『我則是整天繞著四百公尺的橢圓形打轉。』

『好玩嗎？』

『很好玩啊。這是很平凡的行爲。無論行星還是電子，都在不停地打轉。』

『是嗎？』

『是啊。』

我們走過小型的平交道。道路沿著溝渠延伸，一望無際。

澪聚精會神地注視著夜色中的前方。

『遠處的景象很模糊。』

澪說。

『是嗎？』

『我最近沒有戴眼鏡嗎？』

『啊，』我叫了一聲，又說了聲『沒有』。

我忘得一乾二淨了。澪平時都戴隱形眼鏡，雖然休息時也會戴眼鏡，但很少既不戴隱形眼鏡，又不戴眼鏡。她的視力應該只有0.4或0.5而已。

我撒了個謊。

『妳沒戴眼鏡啊。妳現在不用抄黑板上的筆記，也沒有開車啊。』

『但是，看東西很不清楚。我應該有眼鏡吧？』

『不知道放到哪裡去了，等一下回去找找看。』

『拜託了。』

看來，阿格衣布星上沒有發隱形眼鏡。

『總之，』我又繼續原來的話題。

『高中時代的妳我，比五歲的孩子還要晚熟，從頭到尾都無緣發展出戀愛關係。』

『比我還晚熟嗎？』

佑司問。

『我想想看，』我回答說：『可能是這樣吧。』

『晚熟是什麼意思？』

『就是成長比別人慢的意思。』

『哇噢～』佑司大聲叫了起來，『那你們一定都很矮囉。』

我和澪面面相覷地笑了。然後，我對她說：

『畢業典禮那天發生的一件小事，改變了我們的關係。』

畢業典禮那一天。

我們完全沒有意識到可能永遠不會再見面，再也沒有機會見面了。離別就是這麼回事。

然而，卻發生了一件改變這個事實的事。

畢業典禮結束，回到教室後，高中生活最後一次輔導課[20]也結束了，高中生活終於劃上了句點。

我把書桌裡的破爛（速食店的折價券、零食包裡附贈的卡片，或是吃冰棒剩下的可以『再來一根』的中獎棒之類的）一一丟進運動包，妳從鄰座的座位對我說：

『秋穗同學。』

『榎田同學，什麼事？』

『可不可以請你幫我寫幾句話？』

說完，妳把贈言簿遞到我的面前。在畢業典禮那一天，同學們都紛紛相互留言。但只有一個人，只有妳請我留言。除了妳以外，還會有誰找我留言？

『好啊，給我。』

我從妳手上接過贈言簿，想了一下後，寫下了一句簡短的話。

『在妳旁邊的感覺眞好。謝謝妳。』

這是對贈言簿的禮貌，也是對妳在無意識的情況下所釋放的化學物質的回答。

妳對這句話的回答是：

『我在你旁邊的感覺也很好，謝謝你。』

然後，我們就分道揚鑣了。

『那，再見了。』

『再見。』

我拿起畢業證書和裝著那堆破爛的運動包，離開了教室。

『根本沒有發生什麼事嘛！』

『不，還在後頭。』

畢業後一個月左右，我收到了妳寫來的一封短信。

『你的鉛筆在我這裡。怎麼辦？』

『原來在她那裡！』我叫了起來。

我整整找了一個月。這時，我才想起來，在把贈言簿還給妳時，我把自己的筆也夾在裡面了，所以才會遍尋不著。

如果只是普通的鉛筆，或許不值得我這麼大費周章。但這不是普通的鉛筆，是我十歲生日時，有生以來第一次收到別人送我的禮物。是我養母，也是我母親的姐姐特地買了送我的。

我想，每個人都一樣，都會特別喜愛有生以來第一次收到的禮物。第一本書、第一只腕錶、第一張CD。這些東西我都細心珍藏著。

所以，我立刻給妳寫了回信：

『這是很重要的東西，我去拿。』

因爲我怕增加妳的麻煩，也怕會讓妳花錢，所以，不好意思請妳寄給我，想要自己去拿。結果，妳給我寫了這樣的回信：

『現在我住宿舍，我回家時會和你聯絡。』

結果，一直拖到暑假時才拿回那支筆。

一方面是因爲已經知道筆的下落，也就不必著急了；另一方面，我內心也希望看看妳變成大學生的樣子。

妳我在進大學後，都參加了社團活動，要參加比賽或是夏令營之類的，時間老是湊不到一起。一直到暑假快結束的九月七日才終於見到面（那天是美國的勞動節 Labor Day，所以我記得特別牢。美國的節日我都記得）。

我們約在剛好位在妳家和我家中間的中央車站大廳見面。我提前五分鐘到了約定地點，妳已經到了。

當我在擁擠的人群中看到妳佇立的身影時，我湧起了一種難以形容的、不可思議的情感。在此以前，我甚至不知道世界上有這種感情的存在。不用說，那就是戀愛。

晚熟的我終於長大成人了。

萬歲！

剛開始，我還以爲這種感情是『懷念』。事實上，我也眞的很懷念。

三年期間，妳一直和我生活在半徑一公尺範圍內，在我的內心極隱私的空間內，已經留下了妳的分身，很貼近我的父親、母親，以及我阿姨所在的那個位置。我很清楚，妳在我內心的分身見到妳也很高興。

而且，妳給了我一個小小的驚喜，讓我內心小鹿亂撞，讓我激動得神采飛揚。

『驚喜嗎？』

『對。』

『什麼驚喜？』

『那就是——』

妳留著一頭齊肩的頭髮。

入學當初剪著超短髮的妳，到畢業時，仍然是一頭短髮。一段日子不見，竟然已經長到中等長度了。前面的劉海剪到眉毛的上方，兩側的頭髮向後梳起，用髮飾綁在後面。當時，妳已經不戴眼鏡，改用隱形眼鏡，但這在高中時已經看過了。所以，妳的長髮是我最大的驚喜。

妳變得好有女人味。已經不是小茶匙精靈了，而是有著溫暖肌膚和散發著芳香的妙齡女子。

妳已經不說：『我對男生完全沒興趣。所以，別來招惹我』了。

相反的，我覺得妳在說：『看看我，然後喜歡我』。

我生性單純，凡事都只看表面，所以，對妳釋放出的信息也照單全收。

『我知道了。我會喜歡妳。』

當妳看到我時，露出一個不自然的笑容。因爲妳很緊張。妳我都是第一次和異性約會。

『你好，好久不見。』

妳說。

『對啊，眞的好久不見了。』

我說完，就不知道該說什麼了。想了片刻，我才說：

『榎田同學，妳旁邊坐的是秋穗同學嗎？』

妳立刻心領神會地說：

『不是，』然後，又接著說：

『他是泰迪熊。』

我們吃吃地笑了起來。

高中時，當我蹺課時，不知道誰在我的座位上放了一個泰迪熊的絨毛娃娃。於是，導師的女老師和妳之間就有了以上這段對話。

那時，我在田徑社團的活動室內看艾倫．西利托的《星期六晚上和星期天早晨》㉑。

女老師最後說：

『我想也是。但他的毛應該不會那麼多。』

這個小插曲還有續篇。

第二天，米老鼠坐在我的座位上。女老師又問了妳和前一天相同的問題，妳也作了相同的回答。

然後女老師又這麼說：

『我想也是。但他的耳朵應該不會那麼大。』

當時，我又在田徑社團的活動室內，繼續看前一天的書。

這個惡作劇還流行了一陣子。在我不知情的情況下，各種絨毛娃娃出現在我的座位上，有小熊維尼、史努比、唐老鴨，女老師對它們的評價分別是太胖了、太白了或是嘴太大了。

妳回答得那麼認眞，眞是奇葩一朵，那一一發表評論的女老師也是個怪胎。

之後，當從妳那裡聽說這件事時，我還覺得有點遺憾，我眞希望當時能夠在場聽妳們之間的對話。

總之，對我們來說，那是段令人懷念的插曲。

當妳我不再緊張後，終於想起了我們約定見面的理由。

『對了，』妳說：『我要把鉛筆還你。』

『對，鉛筆。』

妳從朱槿圖案的手提包裡拿出綠色的信封。

『給你。』

妳把信封放在我手上。

『雖然那時候我就發現了，但你已經回家了。』

『喔。』

『後來，我忙著準備搬進宿舍，一直沒時間和你聯絡。眞不好意思。』

『沒什麼，是我自己不小心。』

我回答道。

『況且，這支筆又回到了我的手上。』

我從信封裡拿出鉛筆，放在陽光下看著。

『這是我阿姨送我的生日禮物。這是我有生以來，第一次收到的鉛筆。』

『什麼時候？』

『十歲的時候。是在吉祥寺的車站大樓買的。』

『啊，是你在東京的時候。』

『對。』

來到這個城市之前，我住在東京的調布。相同的時候，妳住在港區的南麻布。說不定，我們曾經在相同的時候，看過同一朵雲彩。

眞的是咫尺天涯。

『謝謝妳。』

我說。

『不，不客氣。』

妳說。

傷腦筋的是，這樣就完成了此行的目的。即使就這麼再見也沒有任何問題，但是，我還不想說再見。

我們在熙來攘往的人群中，四目相對地等待對方說話。我期待妳會有所行動，但終於發現妳也這麼想。

如果說再見了，就眞的再也見不到了。

我只好隨口說了句『嗯，那個』，妳用充滿期待的眼神看著我。妳的眼神使我產生了勇氣，於是，就繼續說了下去。

『會不會口渴？』

我問道。

『天氣眞熱。』

我是眞的口渴了。

妳用力地點了兩次頭。

『那我們去喝點涼的吧。』

於是，我們邁向了値得紀念的第一次約會地點。

我們走到平交道後，按原路折返。

『頭還痛嗎？』我問澪。

『好像好點了。』

『太好了。』

佑司說他很睏，我就背著他走，隨即就聽到一如往常的沈重呼吸聲。

小傢伙會不會有鼻蓄膿？

『他睡覺的樣子好可愛。』

澪說道。

『他和妳很像，睡覺的樣子更像。』

『可能吧。讓我有一種很懷念的感覺。』

『就像在回憶自己的童年時代嗎？』

『嗯。雖然並不是眞的想起了什麼，但可能就是這種感覺。』

『還是什麼都想不起來嗎？』

『完全想不起來，但我已經慢慢可以體會到我是你的太太、佑司的媽媽了。』

『沒有記憶會不會痛苦？』

『雖然有點讓人心焦，但我覺得沒什麼好著急的。反正，耐心等待吧。』

『那就好。』

澪踢著路邊的小石頭。她以前就有這個習慣。即使失去了記憶，這種不經意的動作卻依然不變。

『這麼說，』澪說：『我是個幸福的女人。』

『是嗎？』

『對啊。和我初戀的對象結了婚，又生下這麼可愛的兒子，現在也一起過著幸福的生活。』

『也對喔。』

妳眞的幸福嗎？

我捫心自問著。

和像我這種有許多問題的男人結婚，從來不曾外出旅行過一次，就在這個小城中結束了短暫的一生。當妳知道這一切後，還會說自己幸福嗎？

『你呢？』澪問我：

『你幸福嗎？我有沒有帶給你幸福？』

『當然幸福。』

我說：

『好幸福。』

我曾經是一隻在天空中翱翔的企鵝。

她帶我來到我不曾奢求的高空。

離星星好近。

在那裡，地上的污濁、醜陋和令內心煩惱的一切，都變成了美麗的掛毯。

那就是我曾經擁有的幸福。

然而，當她走了，我又變回了普通的企鵝。雖然承受著悲傷，但她爲我留下了風的記憶，以及一個小男孩，和擁有一對臨風翅膀的她十分神似。

所以，我變成了一隻不時感到悲傷，卻擁有平凡幸福的企鵝。

『繼續說給我聽。』她說道。
我們躺成川字，看著被柔和的橘色燈光映照的公寓天花板。
『好啊。』
我說道：
『今天我也會一直說到妳睡著爲止。』

其實，我幾乎把當時的事忘得精光，是澪在那之後告訴了我好幾次，漸漸地，彷彿變成了我眞正的記憶。
這簡直太奇妙了。
在我遺忘時，澪告訴我的故事，這次卻由我來告訴失去記憶的她。就好像是我們兩個人在玩傳話遊戲。在多次重複的過程中，回憶比現實中的過去更具有美麗的色彩，或許已經變成了夢幻的記憶。反正，大部分回憶不都是這麼回事嗎？
總之，這是我們第一次的約會。

我們走進車站對面的咖啡店。
我點了薑汁汽水，妳點了冰咖啡。
雖然我們相鄰而坐或分坐前後了三年，卻是第一次面對面。
我也是第一次這麼清楚地看妳的臉。妳雖然是單眼皮，卻有一對杏眼。鼻子很高，嘴唇很薄，還有虎牙。不同的人看妳的臉，可能會有不同的印象。

對我而言，我覺得那是我從小就喜歡的女孩子的臉。戀愛就是這麼一回事。

『妳頭髮長長了。』

我說。

『對。自由體操的團體中，大家都要梳相同的髮型。』

妳告訴我，要梳高高的盤髻。

『好像和以前感覺不太一樣了。』

『是嗎？』

『對，感覺像大人了。』

秋穗同學也一樣，妳說。

『我覺得你更有大人味了。』

是不是長高了？妳這麼問我。

『長高了一點。』

『現在有多高？』

『差不多一百七十七公分吧。中距離跑選手最好可以長得更高一點。』

『你看起來比實際更高。』

『因爲我穿靴子的關係。』

高中時，我們都在教室見面，所以，都是穿室內鞋。老實說，我當時穿的是放在社團活動室裡的保齡球鞋。

那雙球鞋不知道是哪一代的學長從附近保齡球館揩油來的。鞋頭和後跟是靛藍色，兩側是白色，還用紫紅色大大地寫上『61』的號碼。三年期間，我在學校內一直都穿這雙鞋子。

那天，是我們第一次穿靴子和有跟拖鞋見面。對了，我也是第一次看到妳穿杏黃色的洋裝，也是第一次看妳擦口紅，更是第一次看到妳隨著妳的頭部動作不時擺動的頭髮，也是第一次在說話時，就會感到心潮澎湃。

幾乎所有的事都是第一次，很難找到不是第一次的事。

我們在那家店坐了五個小時。

很難以置信吧。

到底聊了些什麼？

我們彼此都想要深入了解對方。

我們的個性都很耿直，所以，我們認爲了解對方是戀愛的第一步。

在對對方一無所知的情況下，不可以和對方牽手；如果不知道女方家長的名字就挽手也不是正當的行爲。鞋子穿幾號？衣服穿幾號？或是在出生後幾個月時才學會走路？可以潛入水中幾秒？只有掌握了所有這些『基本資料』，戀愛才能夠進入下一步。

了解十分重要。彼此都希望了解對方，也希望對方了解眞實的自己。或許這種想法很獨特，但我們選擇了這條循序漸進的路。

所以，交談十分重要。即使我們聊了五小時，卻連小指頭也沒有碰。到底要聊多少話，才能走到結婚這一步？（雖然我當時只有十八歲，妳只是第一次正式約會的對象，但我已經認眞地思考結婚的事。我認爲，交往就應該是這麼回事。）

我隱隱約約地認識到，需要交往相當一段時間後，才能進入接吻的階段，所以，一點兒都不著急。我覺得妳是我共度一生的人，我們有足夠的時間。至少，從第一次說話到第一次約會，花費了三年的時間，再三年後，應該可以到達接吻的階段吧。

我就是這麼想的。

五小時的交談，使我們向接吻邁近了一步。

（接吻時，那個虎牙不知道會不會礙事？）

我看著妳的嘴唇，腦子裡閃過這個念頭。

然後，太陽下山，到了回家的時間。

現在回想起來，那是第一次約會，也是邁入下一個階段的第一步，但當時還沒有自信，很擔心這只是自己的一廂情願。結婚也好，接吻也罷，目前的首要任務就是約定下一次見面的時間。

走出咖啡店，我們在車站大廳買了票。當時，仍然沒有提到下一次約會的事。走過剪票口，來到了月台。五分鐘後，我的電車就會到達；再兩分鐘後，妳的電車也會抵達。但我仍然口沫横飛地說著國王企鵝照顧小企鵝的事。

（我完全不記得爲什麼會聊到這個話題，但我對國王企鵝照顧小企鵝的事知之甚詳。下次再告訴妳。）

妳聽得津津有味，但我卻是心急如焚。列車快來了。然後，列車眞的來了。
『那個，』我說：『榎田同學，我看妳上車後再回家。我搭下一班。』
然後，妳的電車也很快來了。
『那個，』妳說：『我可以再等下一班。』
妳的門禁是傍晚六點。（女大學生的門禁只到六點！連一起放煙火的機會都沒有！）
雖然我們爭取到七分鐘，但也在一眨眼就過去了。即使給我們三十天的時間也一樣。大部分的決定都是在最後幾秒完成的。
妳的電車來了，車門打開，月台上的乘客擠上電車。妳跟在其他乘客後面上車。然後，轉過身來，對我微笑著。我這才開了口。
『那，下次什麼時候可以看到妳？』
發車的鈴聲響了，妳說：
『我又要回宿舍了。』
『所以，』妳用不輸給鈴聲的聲音叫著：『我會寫信給你。』
車門關了。
『噢，這樣喔。』
我對著發動的列車說。
但沒有關係，我們之間並沒有結束。結束和開始大不相同，就好像出口和入口的截然不同。入口代表接下來一定還有些什麼。一定是好事。
當時，我就是這麼想的。

一星期後，收到了妳的來信。第二天，我立刻給妳寫了回信寄出去。隔了一星期，又收到了妳的來信。這次，我隔了三天才給妳寫信。

這就是我們的節奏。

或許，熱情的人會覺得按捺不住，然而，這正是讓我們感到意滿心足的步調。晚熟、保守、認眞的妳我之間的戀情，正靜靜地、慢慢地、低調地逐漸深化。或許，在這個來去匆匆的人世間，這是一種極大的奢侈。

妳住在世田谷的宿舍，宿舍裡只有一具電話。雖然宿舍外也有公用電話，但門禁一過，就不能走出宿舍使用公用電話。當時，手機也還沒有普及。況且，即使普及了，我們應該也不會去使用。

電話是一種無禮、傲慢而又強人所難的東西。經常把無禮、傲慢而又強人所難的人和我們聯繫在一起。對方可能是推銷員，可能是選舉的拉票，或是根本不是好朋友的朋友打電話來要求代他點名。電話和那種人的親和性高得很。

而且，世界上第一次通電話時傳達的話就很傲慢。

『華生，過來這裡！』（當然是亞歷山大．葛理翰．貝爾㉒說的。）

這似乎暗示著電話日後的功用。

總之，我們不喜歡電話，喜歡書信的魚雁往返。

妳的字很漂亮。楚楚可憐的筆調令人聯想到妳輕柔、高揚、語尾略帶顫音的聲音，和妳優等生的形象。

所以，我有點不好意思。因爲，我的字醜得令人難以置信。這點或許可以容我辯解一下，這必須歸咎於我父母頑固的成見。我天生是個左撇子，卻在幼年時代，被父母勉強加以矯正。他們相信了一項莫名其妙的統計，說左撇子會早死，就把我的左手用繩子一圈一圈地綁了起來。於是，我只好用不太靈活的右手拿筷子、投球、寫字。被綁住的左手鬧起了彆扭，根本無法發揮應有的功能。現在，無論我用哪一隻手，都只能寫出龍飛鳳舞的字。

我想，妳應該還收著我的信，但我一點兒都不想看。

『我寫給你的信也在這裡嗎？』

澪問。

『有啊。結婚時，我從老家拿過來了。』

『我好想看。不知道寫了些什麼？』

『都寫一些日常的生活瑣事，或是社團的練習，以及未來的夢想之類的。』

『將來的夢。』

『對。』

『我大學畢業後，應該有去工作吧？』

『對啊。妳讀的是短期大學，所以二十歲就就職了。』

『我選擇了哪一行？有沒有實現我的夢想？』

『當然。妳做了你想要做的事。』

『是什麼？我好想知道，趕快告訴我。』

『妳是，』我說道：『妳是健身俱樂部的舞蹈教練。』

『舞蹈教練？』

『對，有氧舞蹈。』

『我嗎？』

『對啊，就是妳。』

『眞不敢相信。』

『我想也是。』

『但是，』我說：『妳在高中、大學都一直在練自由體操，所以，也並不是毫無關聯。』

『啊，對。我是練自由體操的。』

『對。反正，妳很喜歡跳舞，而且，也想要當老師。所以，選擇了向更多人傳授舞蹈樂趣的職業。』

『我覺得當老師似乎更符合我的個性。』

『妳應該有教師的執照，但最後還是選擇了舞蹈。』

『然後呢？在和你結婚之前，我一直都在當舞蹈教練嗎？』

『對，一直到懷了佑司。但因爲妳比較晚才發現自己懷孕，所以，工作了滿長的時間。』

啊，澪嘆了一口氣。

『我的人生，』

她看著被染成橘色的天花板說道：

『好像——』

『好像什麼？』

『對我來說，好像太完美了。我可以體會到我眞的是個文靜、認眞的學生。』

『對。』

『所以，想像中，我的人生應該會選擇更安全、更平淡的路。』

『對，可能吧。』

『是不是？我應該不是根據自己的喜好，而是會基於穩定或是大公司之類的理由決定自己的工作，做一個平淡的粉領族，我也會對自己的人生感到滿足。我覺得這才更有我的風格。』

『對。』

『而且，我似乎不是那種會和自己喜歡的人戀愛結婚的人，而是和相親或是和親戚的阿姨介紹的對象結婚。然而，即使這樣，我也會對自己的人生感到滿足。如果你告訴我，我的人生就是這樣，我一定會點頭如搗蒜地表示認同。』

『我能理解。』

我說道：

『妳以前也這麼說過。妳說：「我眞的很努力了。像我這種絕對只挑選安全的路走的人，回過神來時，竟然發現自己在沒有扶手的獨木橋上拚命奔跑。」』

『是嗎？』

『對，妳很了不起。』

『了不起？』

『因爲妳決定和我結婚，這個決定很了不起。』
『但是……』
『我不是說，晚一點會告訴妳，有關我面臨的各種問題嗎？』
『對。』
『包括這一切在內，妳選擇的人生絕對稱不上是安全而平淡的。』
『是嗎？』
『那當然。』
『好吧，那你告訴我。』
『明天再說續篇。』
『不會吧？』
『眞的。』
『你眞的要吊我的胃口？』
『對。因爲，接下來還很長。』
『但是……』
『如果我不早點睡，明天就沒辦法工作了。』
『現在才十點半而已。』
『對我來說，已經是熬夜過度了。』
『眞的嗎？』
『眞的。所以，晚安了。』

『晚安。』
『你眞的要睡了嗎？』
『眞的。』
『但是——』
『晚安。』

『晚安。』

『是嗎？』

『咦？』
『是佑司在說夢話，不用管他。晚安。』
『晚安。』

『是嗎？』

譯註⑳以級任老師爲中心，培養學生自治能力的輔導課。
譯註㉑Alan Sillitoe，英國作家、劇作家和小說家，《星期六晚上和星期天早晨》曾被改拍成電影。
譯註㉒Alexander Graham Bell，電話發明者。出生於蘇格蘭，一八七六年，他發明電話時，對著他的助手說了這句話。

11

下班後，我猛踩著腳踏車，發現走在前面的頁碼老師和維尼。我騎到他們旁邊，下了車，向他們打招呼。

『頁碼老師。』

老師愣了一拍，然後看著我，說『欸，欸』。

（我也常這樣愣一拍。於是，澪每次都問我『你去哪裡神遊了？』）

『下班了嗎？』

『對。』

『佑司君最近好嗎？』

『很好。老師您呢？』

『還可以吧。反正，到了我這種年紀，不可能沒病沒痛的。只要在十分裡痛個五分，就要阿彌陀佛了。』

『那今天只有五分嗎？』

『差不多吧。』

維尼抬著頭看著我，不停地說著『～？』我一邊哄著牠『乖，乖』，一邊用腳摸著牠的肚子。

『小說進展得怎麼樣？』

老師問我。

『最近都沒有進展。』

老師說了聲『咦？』那是用最簡潔的詞彙表達『爲什麼會這樣？』

我感受到體內迅速竄起的衝動。

要不要告訴他？

把澪的事告訴他吧。

但是，他會相信嗎？

『澪，』我以此作爲開場白。

維尼說『～？』

老師也用同樣的表情看著我。

『你太太？』

『是。』

『是什麼？』

『如果我說她回來了，你會有何感想？』

『喔～』老師一副了然於心的神情。

『是你的小說吧？』

老師說道：

『這是你的小說所設定的背景吧。』

我曖昧地點了點頭，繼續說了下去：

『她生前曾經說過，到了雨季，她就會回來。來看我們有沒有好好過日子。』

老師一言不發地聽著。

『結果，她眞的回來了。在那個森林另一頭的工廠廢棄地上。』

老師露出了訝異的表情。

『於是，我就把她帶回來，她失去了記憶。她不知道自己是誰，也忘記自己在一年前已經離開人世了。』

『這是小說的情節嗎？』

『不，是眞的發生了。現在，她正在公寓等我回家。』

『澪姑娘嗎？』

『沒錯，就是澪。』

『也就是說……』

『是她的幽靈。』

我搶先說了出來。

『不是小說的情節？』

『不是。』

老師將視線從我的臉上移開，低頭看著腳邊的維尼。維尼也抬頭看著老師，他們好像在討論我說的話的眞僞。

我默不作聲地等待他們的結論。

澪很喜歡頁碼老師。

我們夫妻搬到這裡生活後，頁碼老師是第一個推心置腹地和我們交談的人。我們去購物中心買晚餐材料回家的途中，在十七號公園遇見了老師。至今已經七年了。

當時，老師就已經是一個年邁的老人了（和事務所的所長一樣）。

維尼比現在年輕多了，感覺是個深思熟慮、沈默的青年。雖然從那時候開始，牠就只能說『～？』而已。

之後，我們每星期都會在十七號公園進行幾次既不長、也不短的交談，持續著既不淺、也不深的交往。我們夫妻都不擅長交際，所以，和老師之間這種淡如水的交流，成爲我們唯一的社交。老師把澪當作孫女一樣疼愛，她也很喜歡老師。

所以。

所以，我希望在雨季結束前，讓他們兩人再見一次面。在澪回去阿格衣布星之前，要讓他們見上一面。

澪一定已經不記得老師了，但只要他們見面，一定會有某種的心靈交流。所以，首先必須讓老師了解眞相。如果沒有事先打招呼就讓他們見面，一定會讓年邁老師的心臟一下子跳到極限，甚至說不出話來。

『那麼，』老師問，『澪姑娘是什麼樣子？』

老師用奇怪的手勢比畫著，試圖表達些什麼。可能是在用婉轉的方式問我，她有腳嗎？

『很正常。』

我說：

『和以前的澪一模一樣。無論外表、性格、聲音和味道，都和以前一模一樣。只是沒有了記憶。』

『是嗎？』

老師似乎鬆了一口氣。

『你願意見她嗎？』

聽我這麼一問，老師輕輕地點了好幾次頭。雖然和平時的顫抖沒什麼兩樣，但我很肯定，那是表示肯定的動作。

那，我說：

『明天，在十七號公園見。』

『老時間嗎？』

『對，我會帶她來。』

『好啊。我會像平時一樣，坐在那張長椅上。』

『好。』

於是，我和老師、維尼道別，再度跨上腳踏車飛奔回家。

12

對幽靈妻子產生情慾正常嗎？

這也是一個相對的問題。也就是說，因爲她那個樣子的關係，才使我產生了慾念。所謂她那個樣子，就是指她雖然是幽靈，卻有著健康的肉體，卻依然嫵媚嬌豔。這就像那些化學物質一樣，向我們這些男人傳遞著無聲的信息。

『你看，快看啊。我這麼成熟，隨時可以爲你生孩子。』

豐滿的胸部和纖細的腰部都發出這種信息。挺直的腰似乎正在示威：『看我的！』

但是，她是幽靈。

幽靈無法生兒育女。

既然如此，爲什麼那麼嫵媚？

當我用杯子裝了水，站在那裡喝水時，看到剛洗完澡的澪正在幫佑司擦身體。

我家的流理台旁就是廁所，也兼作更衣間。雖然掛著塑膠的捲簾，卻從來沒有使用過。所以，我站的位置可以清楚地看到他們的一舉一動。

她一絲不掛，毫無防備地用浴巾幫佑司擦身體。

我好久沒有看到她的身體，我只記得她的身體很纖細，但當她俯身時，一對乳房微微搖動著。曾經當過舞蹈教練的她，腰部依然發達，正在向我示威：『看我的！』

幸福的記憶甦醒了。溫柔的、熱情的記憶。

我用力吞下嘴裡的水。

澪抬起頭，看著我。

然後，慢慢將浴巾拉起，遮住了自己的身體，沒有一絲的慌亂。她一直注視著我，我尷尬地笑了笑，走開了。

稍晚的時候，她對我說：

『請你，再等一下。』

『什麼？』

『就是，我還沒有做好心理準備。雖然我已經知道我是你的妻子，但唯獨那個……』

『喔，妳是說那個？』

『對，就是那個。』

『妳不要放在心上。妳想要，我才會想要；如果妳不想要，我就不會想要。』

『眞的嗎？』

『眞的。』

『但是，』她說，『剛才你看到我身體時的眼神，看起來很想要的樣子。』

『啊，對不起。那是對記憶的反應。』

『記憶？』

『就是前一段時間，和妳之間溫柔而熱情的記憶。』

前半句是謊言，後半句是眞的。
『是嗎？』
她的眼神如夢似醒。
『我們，在那方面……』
她欲言又止，然後，又迅速地接著說：
『在那方面契合嗎？』
『那當然。』
『眞的嗎？』
『那當然。』

那一年的冬天，在新年的第一個星期一，我們又見面了。
這是第二次的約會。

『已經三個月沒見面了嘛。』
坐在桌子對面的澪說道。佑司認眞地看著電視上的義大利語教學節目。他喜歡那個解說的大姐姐。
『但我們寫了很多信。』
我說：
『該怎麼說，我們好像是一直隔著門交談。所以，那天就像是把那扇門打開的感覺。我隨時都可以感受到妳在我身旁。』

『法奇亞摩　美塔　美塔！』

佑司叫了起來。

『什麼？』

『就是我們一人一半的意思。』

『喔。』

這次還是約在車站大廳。

上次見面時，我提前五分鐘到時，妳已經等在那裡了，所以，這次我提前十分鐘到達。當我確認妳還沒到時，我就從弗蘭克．肖特㉓的包包裡拿出文庫本㉔的書開始看。那是我第三次看馮內果（那時候，他在自己原本的名字後面又加了個 Jr.）的《泰坦星的海妖》（The Sirens of Titan），我剛好看到最後的場景，之前兩次看時，我都落了淚。這一次，果然也落淚了。我爲馬拉凱．坎斯坦特㉕而哭泣。

『秋穗？』

我一抬頭，便看到了妳。

『你在哭嗎？』妳問道。

『對，我在哭。』

『有什麼傷心事嗎？』

我出示了《泰坦星的海妖》的封面給妳看。封面上畫的是項圈套住的狗骨頭。

『這本書讓你傷心了嗎？』

我點了點頭。

之後，有好長一段時間，妳都以爲這本小說是描寫愛犬死去的悲傷故事。

我看了看時鐘，比約定時間早了十分鐘。於是，我們走向上次那家咖啡店。

『對了，』妳說：『秋穗，以前不管是課間休息或是自修課的時候，你好像都是書不離手。』

『對。』

『我也很愛看書，但我只看福爾摩斯或是亞森羅蘋之類的。』

『我知道。』我說。

『是嗎？』

其實，我注意妳的程度遠遠超乎了妳的想像。

『妳穿這件羊毛衫，』我說：『很好看。』

謝謝，妳說。

我們走進咖啡店，點完飲料後，我從手提包裡拿出一個包裹，放在桌上。

『妳生日快到了。』

『所以，』我把包裹推到妳的面前。

『這是妳的生日禮物。』

妳一臉欣喜。看看我，又看看包裹，然後說妳很高興。

『這是我第一次收到男生的禮物，謝謝。』

『妳打開看看。』我說。

包裝紙是從別人送我父親的年終贈禮的點心盒包裝上拆下來的。一打開，立刻散發出一陣香草的味道。

『你送我嗎？』妳問道。

『對，送妳的。』

那是一幅裝在廉價的塑膠畫框裡的Ａ４尺寸的鋼筆畫，用黑墨水和鋼筆畫了妳的背影。當我想要憑著回憶畫妳時，腦子裡浮現出的總是妳的背影。想必是因爲妳留長的頭髮讓我感到格外驚喜的關係。

妳也知道，我天生鬈髮，很嚮往那種漂亮的頭髮。這應該也算是一種戀物癖，不過，從生物學的角度來看，比那種深受細高跟鞋吸引的人正常多了。

『我太高興了，一定好好保存。』

現在回想起來，發自內心地喜歡這種不花大錢禮物的妳，簡直是碩果僅存的人物。全部花了不到一千圓，認眞投入運動項目的學生通常都是窮光蛋。現在，恐怕連小學的小女生也不會喜歡這種禮物吧。

妳誇我畫得眞好。

『我原本想要讀美術大學。』

『爲什麼後來沒讀？』

『我眼睛，』我說：『有點問題。我是色盲，連紅綠燈也很難分辨。』

『我以前不知道。』

『我自己也不知道。我還以為大家看到的世界和我一樣。』

『是嗎？』

『對。所以，老師叫我放棄，叫我去當一般的上班族，這樣就不會有任何的問題。』

好可惜，妳說。你畫得那麼像，簡直像照片一樣。

從那個時候開始，妳就很擅長用一些不經意的話，激勵我的自信心。而且，最重要的是，妳自己根本沒有發現這件事。

妳無意中說的話，往往讓我對自己引以為傲。

『我也有禮物要送你。』妳說。

雖然已經過了，但這是生日和聖誕節的禮物。

是毛線的耳套。

『你跑步的時候一定很冷，對不對？所以，送你這個。』

謝謝，我說。我好高興。

我真的很高興。

所以，

我至今仍然珍藏著。

毛線的耳套。

這是妳第一次送我的禮物。

『那天，我們也聊了五個小時。』

『我們談了那麼多，也讓我們彼此靠近了那麼多嗎？』

『一定有。』

『是嗎？』

『對啊，因爲，那天我們牽了手。』

『好厲害！』

『可不是嗎？』

『可見我們很努力。眞了不起。』

『其實也沒那麼了不起。』

在等車的時候，我看到妳對著雙手哈氣，讓手暖和起來，我就問：

『妳會冷嗎？』

『會。我忘了戴手套，身上也沒有口袋。』

沒錯，妳的羊毛衫和格子的長裙上都沒有口袋。雖然我看得出妳在羊毛衫裡面穿了好幾件，但外面並沒有大衣或外套。

『那我的口袋借妳。』

妳抬頭看著站在妳身旁的我，然後，又將視線移了回去，繼續向自己的手指哈氣。妳遲疑了幾秒後，說：

『那，就讓我借用一下。』

妳將左手伸進我短外套的口袋裡。我的右手原本就放在裡面，妳我的手必然會在此相逢。妳的手眞的好冷。妳的手纖弱小巧，有一種弱不禁風的感覺。我忍不住在口袋裡緊握著妳的左手。妳的手指動了一下，好像受驚的小動物，之後便慢慢地放鬆了。

『簡直就像是肉食動物終於捕捉到進入自己巢穴的小動物。』

『沒錯，就是這樣。我就這麼被你吃掉了。』

『眞的好好吃。』

當我溫暖了妳的左手後，我們交換了位置，這次，要爲妳暖暖右手。

『歡迎來到左側口袋。』

因爲已經有過一次經驗了，這次兩個人都很放鬆。雖然第一次是妳的左手和我的右手相遇。這次是妳的右手和我的左手相會，但大致上和第一次沒什麼差別。和我預料的差不多。

『當時，我完全沒有邪念。』

『應該吧。』

『是嗎？』

『對。』

澪露出不太自然的笑容，然後，把手伸到我的面前。

『你伸出手。』

我伸出右手，碰觸到她的指尖。

『這樣嗎？』

『對。』

她輕輕地握緊了我的手。

『好溫暖。』

『是嗎？』

『我希望和十八歲時那樣，慢慢地開始適應你。』

我喜歡你，她說道。

我的心毫無理由（不，有充分的理由）地加速跳動。

『可能是我還保留著一點點喜歡你的記憶。』

所以，她說：

『所以，我可以這樣握著你的手。』

她低著頭，露出羞澀的表情。

『我知道自己是你的妻子，所以才會這麼大膽。因爲我知道，我們從相愛到結婚，一直都像這樣牽手、擁吻。』

可不是嗎？

『再等我一下。我不會要你等三年。我們只花了三天，就已經牽手了。明天，一定可以比今天更深入。』

『不用急。』

我說道：

『一切尊重妳的意願。』
『我希望可以早日恢復正常的生活，可以早日勝任你的妻子和佑司的母親的角色。』
『妳已經做得夠好了。』
『那麼，我希望一切可以更自然。』
你感覺得到嗎？她問道。
『感覺什麼？』
『你牽著我的手時，我的手指在發抖。』
『好像是。』
『因爲，』
她說：
『對我來說，就好像是有生以來第一次和男生牽手，我好緊張。』
其實，我也好不到哪裡去。雖然沒有濘那麼嚴重，但畢竟已經有一年的空檔。事隔一年再牽妻子的手，我的心情怎麼可能平靜。
從客觀的角度來看，共同生活了六年的夫妻光牽個手就會面紅耳赤實在很滑稽。但我們很認眞。況且，越是認眞的人，在一般人的眼中，往往會顯得越滑稽。
『法奇亞摩　波可　波可！』
佑司突然叫了起來。
我們兩人都嚇了一跳，趕快鬆開了手。

『這次又是什麼意思？』

『意思是，我們慢慢來。』

『喔。』

澪不僅是個認眞的女人，而且也很務實。她並沒有因爲自己失去記憶而煩惱，而是坦然地接受事實，做自己該做的事。所謂該做的事，包括照顧佑司、做料理，以及其他的許多事。

那很好。

但是，

她是幽靈。

總有一天，她會離開這個世界，回到屬於她的地方。但她並不知道這一點，看到她一心一意努力的身影，越發令我感到心痛。

她不知道。

她不知道自己已經在一年前死了；也不知道在不久的將來，第二次離別將再度降臨。

譯註㉓ Frank Shorter，以奧運冠軍弗蘭克．肖特爲名的系列運動商品。

譯註㉔ 即小型的口袋書。

譯註㉕《泰坦星的海妖》一書中的人物。

13

啪！

我醒了。

看了看枕邊的時鐘，2:35。有點冷。窗外傳來淅淅瀝瀝的雨聲。

像往常一樣，我確認了身旁的佑司。

他睡得很沈，鼻子發出『滋、滋』的沈濁呼吸聲。我把他高舉成『萬歲』姿勢的雙手放回被子裡。

澪不在。

我鑽出被子，走去廚房。她在流理台的小燈前，坐在椅子上，呆呆地看著自己的指尖。

她發現了我，抬起頭。

『對不起。我吵醒你了嗎？』

『不，不是。有個壞心眼的傢伙，關掉了我正在看的夢。』

我試圖用大拇指和中指彈出一個響指，但只發現彼此摩擦的聲音。無奈之下，我只能用嘴發出『啪』的聲音。

『一旦醒了，』

我說：
『就會有好一陣子睡不著。』
妳呢？我問道，澪慢慢地搖了搖頭。
『我也不知道。我在想一些事，想著想著，就睡不著了。』
喔。
『這裡很冷。』
我催促著她去廚房旁的房間。我拍鬆了抱枕後遞給她。
『給妳。』
『謝謝。』
我們各自靠在一個大抱枕上，並排坐著。廚房和隔壁臥室滲出的柔和燈光隱約照亮了我們。
『不用著急。』
我說道。壓低嗓子後，很自然地變成了呢喃。
『波可　波可。』
『波可　波可？』
『慢慢的。我們可以慢慢來。』
『我了解。』
淅淅瀝瀝的雨聲中，夾雜著嘩、嘩、嘩的巨大水流。聲音十分有規則，感覺會永久地持續下去。澪嬌小的身體顫抖著，吐出冰冷的嘆息。

『會冷嗎？』
『有點。』
我輕輕地伸出手臂，摟住她的肩膀。
透過棉質的睡衣，我可以感受到她柔軟的肉體。
『謝謝。』澪說道：
『好溫暖。』
『這句話，』我說：『好令人懷念。』
『是嗎？』
『對。以前，妳也說過相同的話。』
『當你摟著我肩膀的時候嗎？』
『對。是個很重要的夜晚。』
『你還沒告訴我嗎？』
『還沒有。』
『那你告訴我，我想聽。』
『好，那我就告訴妳。』

那是二十一歲那一年的夏夜。
我們相隔一年後的重逢。

『重逢？』

『對，在此之前，我們一直分隔兩地。在之前的夏天分手了。』

『我們嗎？』

『對。』

『我們那麼認眞交往，竟然會分手？』

『對。』

『眞不敢相信。』

『但這是眞的。』

『發生了什麼事嗎？』

『我之前不是告訴過妳嗎？我面臨了許多的問題。』

『對，你說以後會告訴我，但到現在還沒說。』

『我現在就告訴妳。因爲，這也是一切的開始。』

事情的開始很平穩，完全無法想像這件事的重要性。

我一直低燒不退，沒有感冒，卻持續37.5度的低燒。

然而，我的身體狀況卻很理想，雖然不是比賽季節，但我的八百公尺的成績不斷超越自己的最佳成績。我的肉體狀況前所未有的好，意識也極度清晰。

那段時間，我幾乎沒有進食。即使什麼都不吃，我也可以從月亮和太陽中吸收無窮的動力。我不需要睡眠，休息不僅不會讓我感到舒服，反而會令我感到痛苦。總之，有一種動力讓我持續活動。

那時候，我每天練習超過六個小時。

我不吃、不睡，從新年開始，我已經持續跑了足以到達馬里亞納群島的距離。

然後，

就突然壞了。這是當然的結果。

四月的第二個星期六。

我因為呼吸困難被抬進了醫院。說起來，這是第一次開關打開，閥門彈開，衝破了液位計。

無論任何事，在第一次發生時，由於沒有以往的經驗可以參照，所以，往往容易大驚小怪。我想，我一定會死掉，這麼一想，我就不安得快要死掉了。

一開始，醫生說是肺炎或是支氣管炎之類的，然後我拿了比當時的飯量更多的藥，就離開了醫院。但是，三天後，再度發作了，我又慌忙趕到醫院。直到後來，我才知道是製造我的設計圖出了差錯，使我腦內的重要化學物質胡亂分泌造成的。

我四處求醫，各家醫院的掛號卡塞爆了票夾，簡直可以拿來變魔術了。每到一家醫院就要陳述自己的病情，每到一家醫院就要抽血，每家醫院的醫生都側著頭思考。

看起來，不會有明確的結論——這是我當時對自己做出的唯一結論。雖然不知道明確的病名，但很明顯地出現了各種問題症狀。

夜不成眠的日子一直持續。雖然我希望可以藉由睡眠逃避痛苦，但不眠之夜反而令我更加痛苦。

外出已經變成一項不可能的任務。剛開始時，我甚至無法離家二百公尺（四處求醫是之後的事）。

站在離家一百公尺的地方看著家裡的房子，感覺就像是從位於遠日點的冥王星看太陽一樣令人不安。離家超過二百公尺，我簡直就像脫離太陽系的太空人一樣惶恐不安。結果，我就像拋向天空的球一樣，會帶著加速度衝回原來的地方。

當然，我無法繼續去大學上課，未來也一片黑暗。

雖然我們約好了第三次見面，卻無法如期赴約。我只告訴妳我另外有事，改約在夏天見面。

『你沒有告訴我你身體不好嗎？』

『沒有。該怎麼說，因爲這不是一般的疾病，所以也不好說。』

『你應該告訴我。』

『老實說，』

『是。』

『當時，我已經準備要放棄妳了。』

『放棄？』

『對。與其說我的未來一片黑暗，還不如說我根本沒有未來。即使有所謂的未來，也是一輩子在家吃父母，在家庭菜園種種番茄之類的。』

『但是……』

『當時，我眞的是這麼想的。我知道發生了很糟糕的事，發生了無可救藥的改變。』

『所以，』我說：

『所以，我不能讓妳爲我的人生陪葬。我們只有牽手而已，妳還有退路。』

我把我的問題，至今仍然存在的問題告訴了澪。

我的記憶力極差。

短期記憶的問題尤其嚴重，我大腦中名爲海馬迴的部分好像出了問題。雖說是海馬，其實是海象吧，但每個人的大腦裡都有個小海象嗎？算了，這不重要。

我無法做很多事。一般人做起來很輕鬆的事，對我來說，卻一點也不輕鬆。

出門就是其中之一。剛開始，我甚至無法離家二百公尺，但我努力拉長了距離。在開始服用比較有助於改善這種疾病的藥物後，有一段時間，我可以去很遠的地方，但現在的限度只有半徑一百公里。

但話又說回來，我根本去不了那麼遠的地方。

我無法坐電車，也不能坐巴士。飛機、潛水艇和太空船也不行。連迪士尼樂園的星際旅行（star tours）也不能坐。不能去大樓超過二十層以上的地方，也不能去地下室。電影院、劇場和音樂廳都是禁區。

我很容易擔心，對任何事都會有杞人憂天式的不安。在我看來，大家竟然可以這麼若無其事地生活在這個充滿危機的世界中，絕對是出了什麼問題。

人一旦停止呼吸，就會窒息，然而，人們不僅不爲此感到擔心，甚至根本忘記了有呼吸這回事，這不是太扯了嗎？

統計明明顯示，每天有好幾百個人因爲交通意外而死亡，但人們卻盲目地相信這種哀事不會降臨到自己頭上，還絲毫不以爲意地走在路上，這簡直是一種自殺行爲。只有那種沒大腦的人才會在馬路上放開小孩子的手。

我要聲明，我可不是那種以爲沒有自己支撐，大樓就會倒塌的醉漢。

『是嗎？』

『難道不是嗎？』

『眞的這樣嗎？』

『不是這樣嗎？』

算了，無所謂。我承認，我的反應的確過度。這都是那些化學物質惹的禍。

總之，我就是帶著這麼多的問題活在這個世上。

雖然我勉強繼續上大學，但在升上三年級之前，我就主動申請休學。我可以靠藥物的力量擴大自己的行動範圍，然而，這些只是安慰劑。藥物會出現抗藥性，效果就會逐漸減弱。雖然可以改服新的藥物，但我在中途就停止了。身體從外界攝取化學物質時，會對發揮分解、過濾作用的器官造成極大的負擔。我的器官本來就支離破碎了，所以，很快就發出了哀號。

夏天很快就來了。

當時，我騎125cc的機車。我在十七歲時就拿到了中型機車的駕照。所以，我就去妳家附近的車站等妳。

當時，我既想要主動離開妳，同時也強烈地需要妳，我在這兩種想法之間天人交戰。我始終不敢告訴妳眞相，所以，妳或許會覺得我的舉止有點奇怪。

我讓妳坐在機車的後座，駛向附近的運動公園。妳是第一次坐在機車的後面，所以，使勁地抱住我。到運動公園時，我的後背和妳的胸前都已經大汗淋漓了。雖然這是一段令人興奮的插曲，但我根本不記得當時有什麼感覺。想必，那時根本無心去考慮這種問題吧。

我們並肩坐在公園裡露天運動場的階梯上。

一年前，我還在這個運動場的跑道上，刷新了行之有年的對抗戰大會新紀錄。在國內，只有十幾人跑得比我快，我計畫在兩年後進入前十名。

如今，我只要走五分鐘，就會氣喘如牛。

太好了。

我對妳採取冷淡的態度。但畢竟我不是虛僞的人，無法成功地表現出冷淡的態度。我最多只能晚幾拍回答妳的話，或是說話變得小聲，不正視妳的臉。

妳立刻發現到我的異常，但妳絕不會問我原因。所以，妳的話也慢慢變少了，一直低著頭。

我要離開妳。

我希望妳可以主動離開我，比方說，另結新歡之類的。這樣的話，妳一定可以很快地忘了我。

這樣，最好。

我要一個人活下去。

不，其實我不可能一個人活下去。一定是在父母的照顧下，過著安靜的生活。

然後，不時地回憶關於妳的往事，想像著妳的生活。看著庭院裡的番茄，讓年華慢慢老去。

我下定了決心。

所以，這必須是我們最後一次見面。

我故意表現出和妳在一起，是一件無趣和無聊的事。我故意嘆氣，故意偷偷地看時間，然後又故意給妳看到。有時候，當妳試探地提起某個話題時，我故意表現出自己是裝出很有興趣的樣子。

『我們宿舍裡有一個女生很奇怪。』

『是嗎？』

『嗯。』

妳陷入了沈默，因爲，我的聲音很假。

『是怎樣的女孩子？』

『她說——她想要當太空人。』

『喔～』

『所以，』

妳又沈默了。

『所以怎樣？』

『她每天晚上都會刷牙一小時。』

『為什麼？』

『她說如果有蛀牙，就不能當太空人了。』

『她太厲害了。』

就是這樣的感覺。

之後，又是沈默、嘆息和看時間。

討厭的傢伙。

這樣的劇情上演了幾次後，妳完全陷入了沈默。很長一段時間，我們默不作聲地坐在水泥階梯上。

我們坐在運動場雨棚的陰影中。小孩子們在運動場上騎著腳踏車嬉鬧著。

我知道妳強忍著淚水。妳低著頭，緊咬著虎牙微露的雙唇，拚命克制著自己的淚水。

我又嘆了一口氣。我自己也沒料到可以演得這麼出色。但我成功了。

『回家吧？』我問道。

妳看著地上，用力點了點頭。

我們見面還不到一小時。就像來的時候一樣，我讓妳坐在機車的後座，駛向車站。

妳一句話都沒說。

到了車站時，我問妳。

『不送妳回家沒關係嗎？』

『沒關係。』

妳說：

『走幾步就到了。』

『好吧。』

如果能夠立刻分手就太完美了。但是，我不忍就這麼離去。我需要妳，想要和妳在一起。雖然我表現得這麼冷淡，這麼令人討厭，但我仍然希望妳的心意堅定。

我是個矛盾的個體。我的人格被這種自相矛盾的想法撕裂成兩半。正因爲我喜歡妳，所以才想要離開妳；正因爲想要離開妳，所以才更需要妳。

我們一言不發，佇立在車站前的人行道上。

『下次什麼時候見面？』

妳一定感到極度的不安。這是妳第一次主動約我。

『我不知道。』

我回答說：

『我很忙，有很多事。』

『是嗎？』

『對啊。』

我不敢正視妳的眼睛，抬頭仰望夏日蔚藍的天空。

『我再寫信給你。』

妳鼓起最後的勇氣，說出了這句話。

書信是妳我世界的中心。如果連這個也拒絕的話，等於一舉摧毀了我們之間的維繫，會讓妳頓失依靠。

其實，我應該拒絕的。我配不上妳。應該有一個溫柔的、強壯的、健康的人陪伴在妳身邊，而不是我。

然而，

『我會等妳的信，』

我說：

『我會等。』

除此以外，我還能說什麼？

『原來我一無所知。』

我摟著澪的肩，她渾身顫抖著：

『我一點都沒有發現。』

『因爲我希望這樣。』

『你應該告訴我的。我一定會——』

『妳是個很認眞的人。』

我打斷了澪的話。

『妳會基於責任感和一個人共度一生。』

『我不是——』

『我知道，不光是如此而已。即使我把自己身體的問題告訴妳，妳也一定會繼續喜歡我。』

『我一直都喜歡你。』

『對。但是，我當時覺得，我不能把妳拖進我暗淡的人生。即使彼此相愛，也不代表能夠幸福。』

『沒這回事。彼此深愛對方，然後永遠相愛下去，難道不是幸福嗎？』

『妳說得沒錯。但是，當時我還無法這麼認爲。我以爲，幸福是肉眼可以看到的有形的東西。』

『這樣，』

太悲哀了，澪說：

『幸福是無法計算，無法衡量的。』

『對。』

現在我懂了。

和妳共同生活了六年的現在，失去這段美好時光的現在，我終於懂了。

『當時，我希望可以自然地、輕輕地走出妳的人生。輕輕地，不知不覺地。就像陽光下的水窪一樣，在不知不覺中消失無蹤。』

我繼續和妳通信。

妳和以前一樣，談論著平淡的日常生活，我則給妳寫回信。我漸漸拉長了給妳回信的時間。從一個星期延到十天，然後變成二個星期。

慢慢地，消失無蹤。

用佑司的話來說，就是——

波可　波可

寒假時，即使妳回了老家，我也找藉口避不見面。但是，我大白天就躺在床上想妳。熟讀妳的來信，從字裡行間感受妳的身影。

那段時間，我的情況很糟。雖然造訪了很多家醫院，卻找不到可以讓我恢復原狀的醫生。

剛開始時，我還抱有一絲的期待，我以為，這種狀況不可能永無止境地持續。

隨著時間的流逝，這種期待也漸漸落空。於是，『絕望』就趁虛而入。

大家都說，絕望是最難纏的東西。

比起我面臨的痛苦，這種會糾纏我一輩子的絕望，更令我感到痛苦。

我好想妳。

想要和妳在一起。

然而，我選擇忍耐。

很快的，又持續了半年這樣的生活。

妳從短期大學畢業後，就像我之前說的，妳開始在健身俱樂部當舞蹈教練。我休學後，就在家裡附近的便利商店打工。我爲了拓展自己世界的半徑，不懈地努力著。

差不多在那段時間開始，妳來信的內容出現了變化。這也難怪，因爲妳已經從一位學生變成了社會的一分子，然而，卻令我感到些許的寂寥，覺得自己對妳越來越陌生了。

妳獨自向前邁進。

我從十九歲的春天開始，就不曾向前踏過一步。

剛開始，妳的背影還在我伸手可及的地方，如今，已經變得遙不可及。

妳很快樂。好幾封信上都出現了同一個陌生的名字。妳不自覺地寫下生活中的插曲，但我一下子就可以猜到，那個男生喜歡妳。妳正離我遠去，慢慢地靠近另一個他。

波可　波可

我告訴自己，這樣最好。

這不正是我希望的嗎？

沒錯，我回答道。

於是，某一天，我給妳寫了一封信。

因爲不得已的原因，日後將無法再寫信給妳。

請見諒。

珍重，再見。

之後，妳繼續寫了很多信給我。

妳從來不曾問起『不得已的原因』。妳告訴我在妳周遭發生的事，只是語氣比以往更委婉，只是寫信的間隔已不如以往頻繁。

八月的第三個星期四，妳毫無預警地來我打工的地方找我。

『最近好嗎？』妳問道。

『很好。』

『你好像瘦了。』

『對，好像瘦了點。』

妳變得亭亭玉立。頭髮更長了，臉上化著淡妝，穿著很有品味的衣服。所以，變成了一個很有品味的女人。

我的腦子裡一片空白。內心的懷念和憐愛讓我哽咽，不知所措和緊張更令我快哭出來了。

但是，妳先哭了。

好突然。

對不起，妳說。然後，用食指擦著眼淚，轉動著眼珠，不好意思地笑著。
『我怎麼會哭？可能是太久沒見面了。』
『是啊。』
我好不容易擠出這兩個字。
『我這麼突然造訪，會不會造成你的困擾？』
我拚命搖著頭。
對不起，妳又說了一次。
『因爲，照這樣下去——』
『健身俱樂部的工作還好吧？』
我硬是改變了話題。
『很好啊，有不同於自由體操的樂趣。』
『太好了。』
『秋穗，你學校呢？』
妳一定是向我媽打聽到這裡，對我大白天就在打工感到不可思議。因爲，以前我不管有沒有課，每天早晨都會去學校練習跑步。
『我休學了。』
我從實招來。
『爲什麼？』
妳一臉納悶地問我。

『有太多事要做了。』
我編了個理由。
『要做的事，是指這裡打工嗎？』
『才不是呢。』
我終於平靜下來後，再度開始扮演另一個我。
『我有很多計畫，很多啦。』
『很多計畫？』
『對。』
『我沒聽你提過——』
妳一臉落寞地說。
我哪有什麼計畫。種植番茄哪算是計畫？但我不能告訴妳眞相。
『我可能會離開這裡。』
我說謊。
『要去很遠的地方嗎？』
『可能吧。』
『去國外嗎？』
我聳了聳肩，意思是說——天曉得。
『所以，連信也不能寫嗎？』
我輕率地點了三次頭。我的演技很拙劣，如果妳保持平常心，一定可以發現我的不自然。

『歹勢啦。』

我說道，自己也可以感受到這句話有多冰冷。雖然我不喜歡妳，但發展到今天的地步，我也有責任，所以，歹勢啦。

『但是，妳寄來的信我都有看。謝謝。』

『喔。』

妳似乎很後悔來這裡找我。但仍然鼓起勇起，抬起了頭。

『我們，』

妳說道：

『以後——』

『有朝一日，』

我打斷了妳的話，妳用充滿悲傷的眼神看著我。

『希望有朝一日可以再見面，比方在同學會或是對方的婚禮上之類的。』

至今，我仍然記得妳當時的眼神，那麼認真的眼神，似乎拚命地追求什麼。妳追求的是眞相。不同於剛才聽到的另一個眞相。

然而，我無視於妳的訴求。

『我希望妳可以幸福。因爲妳曾經助我良多。』

『我的——』

妳只說了這兩個字。然後，低著頭，再也說不下去了。

很久以後，我曾經問妳，當時，妳想要說什麼？
妳告訴我：
『我的幸福，就是成爲你的新娘。』
但我此時怎麼說得出口。

『再見。』我說。
『我要回去工作了。』
『好。』
『多保重。』
『好。』
然後，我丟下妳，獨自走回店裡。
這樣最好，我喃喃地告訴自己。
是嗎？我似乎聽到了另一個聲音在問。

照理說，從此以後，妳我不會再見，將活出各自的人生。我們重新設定了彼此的關係。我希望妳擁有和妳相配的人生。至於我，也有一個和我相配的，不怎麼美好的人生在等待著我。絕對錯不了。

或許，我們分手得正是時候。妳不需要被困在過去的戀情中，可以迎接一場新的戀愛。我對妳沒有愧疚，也不會感到自卑。

『對不起，你不是第一個和我牽手的男人。』

即使妳再老實，也不會說這種話吧？而我，則擁有了和妳的回憶。

杏黃色的洋裝，用髮飾夾起的長髮。羊毛衫。在口袋中交握的手指和手指。

還有，毛線的耳套。

太完美了。

有了這些，我一輩子都不會煩惱了。

人生在轉眼之間就結束了，不需要太多值得回顧的記憶。

唯一的一場戀愛。唯一的戀人。以及三次約會的故事。

這樣就夠了。

貪心會遭天譴的。自古以來的故事，就不斷告訴我們這句警訓。

對原本已經放棄貪心的人來說，這句話是多麼可貴。

這句話給了我多大的安慰。

之後的日子，也和之前的日子十分相似。

唯一的不同，就是再也沒有收到妳的信。雖然是我所希望的，但眞的收不到妳的信後，盼望明天來臨的心情也萎縮了一半。

明天之所以比今天更美好，是因爲距離收到妳下一封信的日子又近了一天。我就是如此地度過了之前的每一天，所以，也對我產生了很大的打擊。

然而，日子還是得過。

和今天沒什麼不同的明天日復一日地來臨。日復一日，我騎著機車去醫院，然後在附近的便利商店刷條碼。我慢慢學會了該如何尋找適合自己的醫院。醫生側著頭思考，處方的藥讓我越來越接近生病前的自己，雖然只能維持短暫的片刻。

在這樣的日復一日中，一年的時光『轉眼』就結束了。

妳看，我早就知道。

『我們後來又重逢了嗎？』

『對啊。』

『在重逢之前的那段日子，我是怎麼過的？有沒有對你死心？』

我不清楚，我回答說：

『妳沒有主動告訴我，我也不曾問過妳。』

『這樣好嗎？』

『沒什麼不好。我可以想像，那段日子裡，妳一定很痛苦，也知道妳是在深思熟慮後才做出的決定。』

『太好了。』妳說。

『正因爲我當初做了決定，才會有今天的生活，對不對？』

『沒錯。』

濡用前所未有的親密態度，將自己的小臉依偎在我胸前。這個動作中凝聚著千言萬語。當然，都是關於愛的呢喃。

『繼續說下去，』妳說。

於是，我就繼續說了下去。

不知道是因為那一陣子服用的藥物有效，還是心理輔導的對話發揮了作用，或是以前嘗試了好一段日子的東洋醫學奏了效，總之，在二十一歲的夏天，我奇蹟似地無限接近發病前的狀況。

我自己也很清楚，這一定是暫時的『迴光返照』，不可能長時間持續。就好像囚犯的放風一樣，時間一到，馬上必須回到狹窄的囚房。

既然這樣，我就應該充分利用這段時間做自己想要做的事。於是，我騎著機車，沿著海岸線進行環島旅行。在被封閉在狹小的世界之前，儘可能去看看自己陌生的土地。任何事都一樣，當預先知道自己會失去時，人才會真正了解自己想要的是什麼。如果我沒有生病，絕對不可能沿著海岸線做環島旅行。

我很滿足地生活在半徑一百公里的世界。

當然，我無法完全恢復到生病前的狀態。在情況最糟時，記憶還出現了棘手的預期不安的問題。我在彎著腰摸索的狀態下，慢慢地從自己的房間跨向更遠的距離。

在完成環島旅行全程的一半後，我開始向內陸挺進。我沒有採取O形的方式，而是打算以∞形環島一周。

那一天，事隔一年後，再度聽到了妳的聲音。

我每天都會和家裡聯絡。畢竟我是在算不上健康的狀況下出遊，我父母的擔心可想而知。當時，手機還沒有普及，我每天都會用沿路的公用電話打對方付費的電話回家報平安。那天，我媽在電話裡告訴我妳的留言。

我有話要告訴你，請打電話給我。可以用對方付費電話（這種細心很有妳的作風）。我會一直等你電話。最後一句也是妳特地交代的。

不能讓女孩子空等。這一句不是妳的留言，是我媽說的。

了解了。

發生了什麼事？

我想像了各種可能性。

但想像的內容都是妳遇到了麻煩。我天生就是愛操心的人，當然想不出什麼好事情。妳可能生病了，或是被壞男人騙了，也可能是高跟鞋的鞋跟斷了之類的，不好的事眞的是不勝枚舉。

如果妳因爲這些原因，向一年前分手的戀人尋求安慰，我當然會義不容辭地提供我的胸膛。我會安慰妳，也會鼓勵妳。當我想到妳已經被逼得走投無路，只能尋求這麼瘦弱的胸膛作爲妳的依靠時，頓時急得像熱鍋上的螞蟻。我拿出口袋裡所有的零錢放在公用電話上。

我愼重地按下了妳家的電話號碼，不是用對方付費，而是自己出的電話費。我可是有原則的。

鈴聲只響了一次，妳就接了電話。

我沒料到妳會這麼快接電話，嚇了一大跳。
『秋穗嗎？』
聽到我沒有說話，妳主動問道。
『對。是我。』
『啊，眞的是你的聲音。』
隔了一年又聽到了妳的聲音，溫暖頓時佔據了我的心。
『妳這麼快就接電話，是在等我電話嗎？』
『對，我知道你一定會打來。』
『是嗎？』
『對。』
妳的輕聲細語傳進我的耳朵。
我問：
『妳突然叫我打電話給妳，是不是發生了什麼事？』
『秋穗？』
『幹嘛？』
『你現在在哪裡？』
『我在旅行，在距離妳住的地方差不多三百公里的地方。』
『聽我說。』
『好。』

『我可以去找你嗎？』
空白。
『喂？』
『喔。』
『你去哪裡神遊了？』
『我在這裡。在電話亭裡，緊握著電話。』
『那就回答我的問題。』
『沒有，我嚇了一跳。』
『你嚇了一跳，然後呢？』
『我很高興，眞的很高興。但是——』
『沒有關係。』
『沒有關係嗎？』
『對，沒有關係。』
『眞的沒有關係嗎？』
『對。』

如此這般，我被妳莫名其妙的自信說服了，結果，約好兩天後在某個城鎮見面。

後來才知道，那一天，剛好是位在海拔七百公尺的那個城鎮一年中最充滿活力的日子。

近五十萬人聚集在此，欣賞打在這個城鎮的湖面上的煙火。五十萬的人口，比摩納哥或是列支敦士登[26]這些國家的總人口還要多。這太了不起了。

妳對此一無所知。我們能相見嗎？總之，我只有相信妳，等待妳的來臨。

我在城鎮內四處奔走，想要尋找一頂合適的安全帽，好讓妳可以坐在機車的後座。

我準備把自己的紅色全罩式安全帽給妳戴，所以，我必須爲自己找一頂安全帽。

我沒有足夠的錢去買一頂新的安全帽，我準備向機車行借一頂。踏破鐵鞋找到的機車行借給我的，是舊得不能再舊的半罩式安全帽。就是歐巴桑去買菜時常戴的那種款式，簡直寒酸到不行。我們一年沒有見面了，這副德行也太遜了，但總不能讓妳戴這頂安全帽。

由於時間緊迫，我飛車趕往約定的地點——車站前的圓環。太陽還沒有下山，但性急的遊客已經驅車聚集而來，沿路大塞車。

終於到達圓環時，列車已經在十分鐘前到達。車站前擠滿了搭火車來觀賞煙火的遊客。

我在人群中尋找妳的身影。雖然有許多年齡相仿的女孩子，卻唯獨看不到妳。我看了看時鐘，距離約定的時間已經過了十五分鐘。

會不會沒有來？

我就知道，天下哪會有這種好事？

一旦放鬆緊張的心情，我立刻無力地頹坐在地上。

我到底在期待什麼？現在的情況和一年前絲毫沒有改變，難道還奢望在這裡和妳重逢，就意味著我們將有未來嗎？

我戴著髒髒的半罩式安全帽，垂頭喪氣。人群在我的前後穿梭，雜沓的腳步聲奏出同一個聲音——

美、美、美妙的夜晚即將來臨。

每個人都興奮不已。每個人都期待這個美妙的夜晚。

我也是。在五分鐘前我也曾經充滿期待。

『秋穗？』

我抬起頭，看到哭成淚人兒的妳站在人群中。

『這頂安全帽，』妳露出了放心的笑容說：

『好像不怎麼樣。』

『我也覺得。』

我說道：

『走吧，美妙的夜晚即將開始了。』

傍晚，我們來到湖畔。

我沒有問妳來這裡的理由，妳也沒有問我的心意。雖然我很高興見到妳，但我還很徬徨。我自己也搞不清楚，這是今天的特別盛事，還是從今往後的每一天的起點。

妳看起來一派輕鬆，好像心意已定，一副已經不再為情所困的表情。來這裡，就已經是妳的答案。

我們坐在湖畔步道旁的石頭上，背靠著鐵絲網，鐵絲網的另一側是一片廣闊的草原。雖然是夏天，但涼風徐徐。或許是因爲這裡是海拔七百公尺的關係。

天空已經爲夜晚拉下了巨大的黑幕。街燈下映照的行人臉上洋溢著幸福。美妙的夜晚即將拉開序幕。

『妳會不會冷？』

『沒關係。』

但是，拂過湖面吹來的風令妳渾身顫抖。

我摟住妳的肩膀。

『謝謝。』妳說：

『好溫暖。』

終於，第一支煙火升空了。聲音比光遲了幾秒傳來，聲音在包圍城鎮的群山中激起陣陣回音，複雜的波動包圍著妳我。

好厲害，妳說。

對啊。

序章結束後，煙火爭先恐後地在天空中爭奇鬥艷。盛夏夜的狂熱包圍了整個湖面。每個人的臉都興奮得通紅，大聲叫著。

『要不要走一走？』

『好啊。』

我們站了起來，朝湖畔走去。湖的周圍堆起了好幾層的人牆。我們從人牆的外圍眺望著湖面。

『幸好我來了。』

妳說。

『是嗎?』

『對，沒想到我們可以共度這麼長的時間——』

說完，妳主動挽著我的手。妳的手好細，好冰冷。

『請你一直陪在我身邊。』

妳看著湖面對我說。

『但是——』

『沒關係。一定沒問題的。』

我沒有繼續追問下去。煙火的光把妳的臉染成了不可思議的顏色。妳的手也漸漸溫暖起來，我不發一語。

我停止了思考，恣意沈醉在妳帶給我的幸福中。

幸福，就是有妳陪伴。

終於，煙火接近了尾聲。

在最後煙火前，出現了一陣小小的寧靜。近五十萬人屏息以待，似乎可以聽到有人『咕』地吞口水的聲音。

咕。

最後的煙火在湖面上爆炸。

升起一個巨大的光罩。

幾秒鐘後，爆炸的風襲來，沈重而又帶著熱氣的風。

妳用認眞的眼神一直盯著湖面。當妳發現我的視線時，轉過頭來莞爾一笑。

『感覺好可怕。』

『對啊。』

今晚的一切，我一輩子都忘不了。妳輕聲說道。

我們離開了湖，準備離開城鎭。毗連的民房前，中元節的燈籠發出柔和的光。我們沈醉在光和聲音的酩酊之中。興奮的心情讓我們變得大膽。

妳說，今晚不回家了。我沒有反對。因爲，即使妳立刻搭上列車，也不一定趕得上在明天之前回家。在妳決定來此和我相見時，就已經決定不回家了。

在五十萬人中，也有爲數相當的人不準備回家，附近的旅館人滿爲患。我們打算越過一個山頭，去隔壁再隔壁的城鎭找住的地方。

機車緩慢地行駛在夜色中的國道上。妳肩上背著一個白色漆皮皮包，依然用盡全身的力氣緊抱著我不放。

我把自己身上出現的各種問題告訴了妳。

出乎我的意料，妳聽到我的話，並沒有顯得特別意外。

『我已經隱約感覺到了。否則，你不可能放棄跑步。』
原來如此，分析得有道理。
『你就是因爲這個原因想要離開我嗎？』
『大概吧。』
『會不會覺得孤單？』
『很孤單。』
然後，妳對我說：
『我也是。』

我們騎到距離山頂還有好一段距離的地方，突然下起了雨。那一夜，沒有星星，我知道天氣不太好，但這場雨下得太突如其來了。才滴了第一滴雨，傾盆大雨便隨之而來。雖然是夏天，但在海拔七百公尺的高地，雨好冰冷。我們的身體一下子變冷了，天生愛操心的我產生了強烈的不安。妳的身體越來越冷，這樣下去會得肺炎的。

又騎了一陣子，終於看到一個天橋，我們就在橋下躲雨。在此期間，身體的熱量仍然持續溜走。

雨就像拉到Jack pot的老虎角子機吐出的代幣一樣，絲毫不願意停歇。無論一直在這裡躲雨，或是繼續前進，都無法獲得令人滿意的結果。妳蒼白的嘴唇不停地顫抖，雙手緊緊抱著自己的身體。被雨淋濕的T恤黏在身上，隱約可以看到妳內衣的肩帶。雨滴順著妳額頭的劉海滴落。

我因爲極度不安而感到喘不過氣來，我看著妳的眼睛。當我們視線交會時，妳堅強地展露了一個微笑。

『沒關係。』

妳說：

『我們走吧，繼續往前走。』

任何人都有意味深長的一瞬間。對我來說，這一刻就是我的那一瞬間。對於不久之後成爲我妻的妳，也具有同樣的意義。然而，妳幾乎忘了自己當時說的話。

妳在毫無意識的情況下，說出了決定自己一輩子的話。

我覺得太有意思了。

在我聽到妳說這句話的那一剎那，我便下定決心要和妳廝守終身。

妳決定了自己的人生，決定要和我共度此生。如果我再爲了自己一文不值的自以爲是而拒絕妳，便是一種傲慢。

我對前途一無所知。幸福一定在某個地方，我們一起尋找幸福將會多麼快樂。

『沒關係。』妳說。

沒關係，一定會否極泰來。

我覺得妳似乎在如此暗示我們的未來。

無論如何，我們要一起往前走。

前途不可能永遠都是荊棘。
即使是這樣的我，或許也可以為妳帶來幸福。

『沒錯。』
我說。
『我們往前走吧。』
『好，那走吧。』
於是，我們衝進了滂沱大雨中。

『好不容易找到飯店入住時，我們的身體已經冰冷得像停屍間的屍體一樣。』
『不是夏天嗎？』
『但山頂有海拔一千公尺。』
『我們淋得像落湯雞一樣嗎？』
『而且，還餓著肚子。』
『真的有可能變成屍體。』
『可不是嗎？』
『然後呢？』
『什麼然後？』
『我們後來又做了什麼？』

『很多。』

『比方說？』

『我們洗了澡，然後吃了麵包。』

『喔。』

『然後，兩個人一起看電視。』

『要投幣的那種嗎？』

『對。我們看了料理節目。我記不太清楚了，好像是用青花菜做什麼料理。』

『我們兩個人一起看了料理節目。』

『對。我雖然不會做料理，卻很喜歡看料理節目。』

『眞的嗎？』

『眞的。』

『然後呢？』

『然後，我把妳叫來我的床上，我們擁抱接吻。』

『好厲害！』

『我們還做了愛。』

『看來我們很用心。眞了不起。』

『也沒什麼了不起啦。』

譯註㉖ Liechtenstein，歐洲西南部的內陸國家，位於瑞士和奧地利之間，首都瓦杜茲。

14

『喂，佑司！』

耳邊響起一個男人故作熟識的聲音，我立刻跳了起來。

『我帶禮物來送你了。』

我好像睡過頭了。我鑽出被子，揉著眼睛走去廚房。桌上已經放著早餐。澪正在流理台前洗東西。

『早安。』

『早安。你睡得好嗎？』

『睡得好熟。』

『是嗎？那太好了。』

『哇噢。』佑司大叫起來。

『我又上當了。』

『其實，』

我坐在餐桌旁說：

『妳臥病在床的期間，我雖然有做家事，但還是做不好。』

我又繼續說：

『不是忘了，就是疏忽了，或是因爲太累而偷懶。』

『所以，你才會穿髒衣服，住在髒髒的房間？』

『對。』

澪仍然一副無法接受的表情，但最後還是點了點頭。

『我懂了，都怪我不夠健康。』

『沒錯。』

『我不是說了嗎？』

『什麼？』

『我以前不是說過沒關係嗎？』

『對，沒錯。』

『那我就要努力。』

『頭痛呢？』

『沒問題。還有點痛，不過慢慢好起來了。』

『那太好了。』

『謝謝。』

『對了，』我對她說。

『今天傍晚，要不要一起去買菜？』

『一起去？』

『我想要讓妳見一個人。』

『我嗎？』

我點了點頭。

『是我們的朋友。或許可以幫助妳恢復記憶。』

『我好期待。』

『對啊。』

『是頁碼老師。』佑司說。

『頁碼——』

『傍晚要見的人，他叫頁碼老師。』

『他是老師嗎？』

『曾經是。』

我說：

『他以前是小學老師。

『還有維尼。』

澪一臉納悶地看著我。

『妳見到他們就知道了。』

我說。

傍晚，我們三個人一起去購物中心，買了青花菜、培根、蘑菇和奶油醬。然後一起去十七號公園。

老師和維尼已經在那裡了。我請他們兩人等一下，自己先走進了公園。老師看到我時，向我揮了揮手。

『午安。』

『安啊。』

『你做好心理準備了嗎？』

『早就準備好了。我不會嚇到的。』

『她失去了所有的記憶。』

『你已經告訴我了。』

『她也不知道自己是幽靈。』

『那是當然的。』

『所以，我沒有告訴她一年前的事。就當作什麼事也沒有發生，我們一直生活在一起。』

『這樣很好。眞相未免太傷感了。』

『所以……』

『我知道，不會有問題。』

我點了點頭，轉過頭去，招了招手，叫他們過來。

『她來了。』

我小聲地對老師說。

『嗯。』

澪和佑司牽著手走向我們。佑司立刻哄著維尼，嬉鬧起來。

『午安。』

澪說道。

『午安。聽說妳什麼都忘了？』

『對，讓我很傷腦筋呢。』

『妳也不記得我了嗎？』

不好意思，澪說：

『我知道你是頁碼老師，但是，我不記得了。』

老師輕快地笑了起來。

『妳連妳先生也忘了，如果記得我的話，問題才大呢。』

『就是啊。』

看著澪和頁碼老師交談的情景，讓我有一種奇妙的感覺。原來，她眞的存在於這個世界。在此之前，只有我和佑司可以看到澪，感覺就像是一個幸福的夢。然而，這一切並不是夢。

她眞的在這裡。

澪和頁碼老師聊著初次見面的情景。

『妳的頭髮披在肩上，穿著圍裙，手上拿著超市的購物袋。』

『在這裡嗎？』

『對啊。你們就像是高中生的夫妻。現在的妳也還很年輕。』

要怎麼形容，你們看起來很快樂。

老師說：

『好像每天都快樂得不得了，你們讓人有這樣的感覺。我和這種生活無緣，所以，覺得好羨慕。』

『因爲，我們是好不容易才如願在一起的。』

『對，那段故事我也聽你們說了。湖邊的煙火，對不對？我是在翌年的春天遇到你們的。』

澪轉過頭來看著我。

『沒錯，我們是在重逢的翌年春天結婚的。在二十二歲的春天。我終於找到了工作，然後搬來這個城市。』

『妳對巧君很關心。即使我們在這裡聊天時，妳也不停地問他，有沒有問題？』

『我嗎？』

『對。妳先生剛出去工作不久，身體狀況又不是很理想。雖然他已經憑著毅力在硬撐，但看起來還是很辛苦的樣子。』

澪又轉頭看著我，我聳了聳肩。

沒那麼嚴重啦。

『不久，妳就懷孕了。妳很興奮地來告訴我：佑司在我的肚子裡……』

『什麼？』佑司問道。

『我們在說你在媽媽肚子裡的事。多虧了你，讓爸爸和媽媽覺得自己是世界上最幸福的人。』

『是嗎？』

『對啊。』澪說道。

『你媽媽，』老師說：『在你出生以前，就說一定是個男孩子，很早就開始買男寶寶的嬰兒服了。』

『對，對。當佑司出生時，我眞的鬆了一口氣。幸好預先買的那些東西沒有浪費。』

『喔，』佑司似乎不怎麼感興趣，『對了，』他叫住澪。

『牠叫維尼。』

維尼走到澪的腳邊，『～？』地叫了一聲。

『牠的聲音？』

澪看著老師。

『牠來我這裡以前，就動了讓牠不會叫的手術，牠沒有聲音。』

『～？』

『但牠好像並不在意這件事，牠很了不起。』

『好了，』老師說：『該打道回府了。』

老師舉起手上的塑膠袋給我們看。

『這個在催我了。』

『是黃瓜魚嗎？』

『對。今天也是半價，眞讓人高興。』

澪姑娘，老師叫著她。

『什麼事？』

『改天再見囉。』

『好。』

『妳，』

老師停頓了一下，拿著塑膠袋的手微微顫抖著：

『妳和我妹妹有點像。我雖然說不出來是哪裡像，可能是舉止吧。

『所以，妳讓我有一種懷念的感覺。

『會讓我想起往事。想起那段我下班回家，把當天的事告訴妹妹的那段日子。』

老師爲自己的話不停地『嗯，嗯』點著頭。

『讓妳陪我這個老人家聊天很抱歉，希望妳沒有被我嚇到，我們改天再聊。』

『當然。我還會再來，聽你說故事，好多好多的故事。』

老師又『嗯，嗯』地微微點著頭，便轉身離去。維尼急忙追上老師的腳步。

拜拜！

佑司揮著手說道。

15

她慢慢地用一片片的拼圖拼出了自己留下的空白。

波可　波可

半夜突然清醒時，可以聽到她在佑司身旁均勻的呼吸聲。我就像聽到浪濤聲的漁夫，沈醉在妻子的幽靈發出的香甜呼吸聲中。

我對此感到欣慰。

我們的故事在十五歲的春天拉開序幕，一直持續到二十三歲的夏天。

生下佑司後，妳的乳房鼓脹得令人難以置信。原本嬌小的乳房自豪地挺向天空；嬰兒藍的血管像葉脈般描繪出美麗的圖案；乳汁像山麓的泉水般源源不絕。佑司已經吃飽後，仍然被母親的乳汁噴濕了臉。每次，妳都從自己胸部脹痛的情況，來感受佑司的空腹。

『時間差不多了。』妳說：

『他馬上就會肚子餓，然後哭著告訴我。』

每次都不出妳的預料。

你們兩個人就像緊密相連的連體動物。

那段時間，妳的身體狀況並不理想，常常沒有精神，但仍然為佑司付出了力所能及的努力。當時的佑司還像奇妙的生物般，像一坨柔軟的肉團，所以，我們悉心地照顧著他。

我們一起幫他洗澡，我抱著他，妳用小毛巾清洗著他的身體。每當妳餵完奶，都由我幫他拍背打嗝。當佑司哭鬧著不肯睡時，我讓他在自己的肚子上，妳在一旁唱著搖籃曲。

快快睡　乖寶貝

於是，他就會立刻進入甜蜜的夢鄉。

我用困惑的眼神看著躺在自己肚子上，發出沈重鼻音呼呼大睡的佑司。我根本動彈不得。每次，我都對國王企鵝的爸爸產生強烈的認同感。

週末，我們三個人一起去森林。

澪騎著我上班時騎的腳踏車。即使失去了記憶，她仍然靈巧地騎著腳踏車。

在森林的出口，母子兩人尋找著四葉幸運草。每當我繞一圈回來，他們就向我展現成果。數量多得驚人。或者，這個平原上生長四葉幸運草才是正常的。

多麼幸福的地方！

歲月靜靜地流逝。

雨季還沒有這麼快結束。

我們每天都和頁碼老師見面。澪滿臉興奮地聽著老師說年輕夫婦的故事。晚上，由我繼續說老師未說完的故事。

佑司學會的第一句話就是『ㄇㄤㄇㄤ、ㄇㄤㄇㄤ』。不知道他的『ㄇㄤㄇㄤ、ㄇㄤㄇㄤ』指的是母親，還是母親乳房分泌的乳汁。在佑司的腦海裡，還很難分辨這兩者到底有什麼不同。

ㄇㄤㄇㄤ、ㄇㄤㄇㄤ。

他如此叫著尋找母親，也同時尋找可以塡飽自己空腹的溫熱液體。

佑司從未叫過『ㄅㄚ、ㄅㄚ』，他聽到澪叫我『小巧』，也接受了這個事實——這個面如菜色的乾瘦男人就叫『小巧』。

『我以前也叫你「小巧」嗎？』

『對啊。我們結婚時，決定要這麼叫。』

『我們決定的嗎？』

『對。我們是一板一眼的夫妻，這種事都會事先決定好。』

『不可以叫「老公」嗎？』

『沒什麼不可以。妳常常根據當時的心情，使用不同的稱呼。像是「小巧」、「老公」或是「秋穗」，我們只是決定了基本的叫法。』

『你喜歡我怎麼叫你？』

我想了一下後，回答說：

『隨便妳怎麼叫，我都喜歡。因爲，不管妳怎麼叫，都是在叫我。』

『那，我也可以叫你「老公」嗎？』
『沒關係。我現在已經習慣妳這麼叫了。』
『那，在我恢復記憶以前，你就是老公囉？』
『了解了。』

16

第二個週末，我們也去了森林。持續到深夜的雨停了。樹葉被雨滴淋濕了，腳下濕濕的。

我們沿著森林小徑慢慢前進。澪和佑司推著腳踏車前進。雨後的小徑上結滿了蜘蛛網，蜘蛛網常會沾到臉上，所以，走起路來必須特別小心。

『哇噢，又有一個。』

我用手撥開沾到頭髮的蜘蛛網。

『爲什麼下雨後，蜘蛛網特別多？』

澪走在我身後問道。

『我也不知道。可能是想要快點修復被雨打壞的蜘蛛網吧，但爲什麼會結在道路的中央呢？』

『還不是會被走在路上的人弄壞嗎？』

『牠們眞是越挫越勇。』

走了一段，我突然停下了腳步。

『我要帶你們去看一樣好東西。』

『是什麼？』

『什麼什麼？』

『之前在這個季節時，我也曾帶你們來看過。佑司可能已經不記得了。』

『是嗎？』

我離開小徑，走向森林的深處。他們兩人把腳踏車放在一旁，跟在我後面。腳下的草已經長得很高，而且，還覆蓋著好幾層落葉，踩下去鬆垮垮的，很不好走。走了五十公尺左右，我再度停下腳步。

『你們看。』

我退到一旁，以免擋到他們的視線。

『啊，是花！』

佑司叫了起來。

『好多花。』

眼前是一整片玉簪花。數百株玉簪花綻放出小小的白色花朵。

『你不記得了嗎？以前我也帶你來看過。』

『什麼時候？』

『前年吧。』

去年因爲澪的關係，這個季節時，並沒有來森林。

『前年是多久以前？我出生了嗎？』
『當然是你出生了，才會帶你來。是你四歲的時候。』
『眞的假的？』
『眞的。』
『怎麼會這樣？』佑司側著頭納悶著：
『我完全不記得了。』
多驚人的記憶力，眞不愧是我兒子。
『但眞的太美了。』
他一副大人的樣子看著這片花海。
『我覺得我賺到了。』
『爲什麼？』
『因爲，』佑司仰起頭看著我：
『因爲我忘了以前曾經看過，所以，才會覺得實在太美了！』
『對，可能是這樣吧。』
『什麼事都一樣。第一次做的時候，總會覺得很興奮。』
『眞的耶。』
玉簪花的周圍開著許多山百合。
『好香，』
澪說：

『都快被噎到了。爲什麼會這麼香？』
『不就和我們高中時一樣嗎？』
『是嗎？』
『我在徵求戀愛對象，有人響應嗎？』
『原來是這麼回事。』
花兒爲了傳授花粉而吸引昆蟲，但求愛的方式卻是如此婉轉。

我們穿越了森林。
飄著幾朵雲彩的天空下，工廠的廢棄地看起來特別寬敞。#5的門顯得特別小。
『我總覺得，』澪說：『我總覺得，我的人生是從這裡開始的。』
佑司放下腳踏車就衝了過去。
『從半個月前才開始？』
『對。』
『妳的人生從很早以前就開始了。妳和我、佑司一起共度了許多時光。』
『對。當我知道後，感到特別高興。』
澪高高地舉起雙手，伸展著全身。
但是，她又說道。
『但是，我覺得自己賺到了。』
『是嗎？』

『因爲，我又可以從頭開始和你談戀愛。』
澪把雙手放在胸前，說自己的心在撲通撲通地跳動。

撲通撲通。

心潮澎湃的聲音。
我們牽著手散著步。
『小巧！～～～』佑司大聲叫著。
『你看，我找到彈簧了！～～』
我向他揮了揮手示意。
『是螺旋彈簧，』
我向澪說明著：
『沒什麼了不起，只要有一點小運氣就可以找到。』
『是嗎？』
『對。但是，鏈輪就很少，如果找到了，就是中了大獎，可以給撿到的人帶來天大的好運氣。』
『那，我也來找找看。』
『妳試試看，絕對不可能輕易找到。』
『但是，上次我們找到很多四葉幸運草耶。』

『那是因爲那裡很特別。』

『是嗎？說不定，我是特別幸運的人呢？』

『也對。』

佑司，媽媽也和你一起找。澪一邊說著，一邊跑向佑司。花卉圖案的百褶裙翩然起舞。佑司在向澪招手。

多麼幸福的景象。

如果她這麼認爲，那一定就是這樣。

既然如此，就要讓她幸福到最後一刻。雖然她的運氣不夠好，卻是一個和幸福笑容十分匹配的女人。

站在位於二樓的公寓陽台上，可以看到對面的空地。佑司正在空地上埋葬今天的戰利品。十五個螺栓、十五個螺母、螺旋彈簧三個，鏈輪一個也沒有。

佑司金色的頭髮在從雲間灑落的陽光下閃閃發光。

『好漂亮的頭髮。』

澪在我身邊說道。

『對啊。他可是英格蘭王子喔。』

『英格蘭王子？』

『沒錯。只要他站著不說話，看起來就像是氣質高雅的貴族小孩，就像是英格蘭王子。』

『只要他不說話？』

『對，只要他不說話。』

澪樂得呵呵大笑。

『你知道嗎？』她說。

『知道什麼？』

『佑司說話的樣子簡直和你一模一樣。』

我想了一下，然後問她：

『是嗎？』

『他眞帥。』

『對。和我一模一樣。』

澪瞥了我一眼，然後，又將視線移向空地上的佑司。

『好溫柔，好穩重，好誠實。』

『但和一般的孩子不太一樣。』

『我覺得這也是他可愛的地方。這種個性很難得耶。』

『眞的嗎？』

『眞的。佑司應該是我的最佳傑作。我這麼平凡，卻可以生出這麼優秀的孩子，你不覺得我很厲害嗎？』

『他是妳的孩子。他的優秀有一半來自於妳。』

『難以置信。』

『妳應該相信。』

我說：

『只是妳自己忘記了。』

『是嗎？』

『對。妳也是個狠角色。』

『狠角色？』

『對，狠角色。

『他的頭髮顏色是不是像妳？』

澪瞇著眼睛注視著佑司。最後，她還是沒有戴眼鏡。雖然試過了，但她說度數好像不合，就放棄了。

『對，和我小時候一樣。』

『好漂亮的顏色。』

『對。兩、三歲時，是更淺的金色。一到冬天，小臉頰就紅通通的。』

『那應該很可愛吧。』

『誰可愛？』

佑司在下面抬起頭問道。

『就是老是鼻塞，老是喜歡撿一些沒有用的垃圾，整天把「是嗎？」掛在嘴上的那個人。』

『那是誰啊？是哪個變態？』

17

一個月又結束了，雨季已經過了一半。

這幾天，頁碼老師一直沒有在公園出現。我說，一定是他有其他的事，但霈一臉悲傷，無力地搖著頭。

過了四天，一直到第五天，老師仍然沒有出現。維尼也沒有來。

『可能發生了什麼事？』

我說。

『對啊。我們去老師的家裡看看吧。』

但是，我們並不知道老師的家，連他的眞名也不知道。

『老師幾歲了？』

『不知道耶。應該和事務所的所長差不多年紀吧。』

『那，事務所長幾歲了？』

唯一確定的是，他早已經過了八十。

『會不會生病了？』

『可能吧。』

『去問問公園裡的其他人吧。』

『就這麼辦。』

十七號公園的常客中，有一個永遠都在看同一本書的年輕人。

有一次，我很想知道他到底在看什麼，就偷偷地靠近他，看了一下封面，原來是《生活實用辭典》。年輕人發現了我，說：

『重要的事，』

他舉起那本書給我看：

『全都寫在這裡面。』

『喔，是嗎？』

我也曾經問他是誰。

『我是小說家。』

他抬頭挺胸地回答道：

『但至今還沒有寫過一本書。』

原來如此。

既然連一本書都沒有寫過也可以自稱是小說家，那全世界的人都有權利說自己也是小說家。所以，我也說：

『我也是小說家，但也還沒有寫過一本書。』

『我就知道。』

年輕人說：
『我聞味道就知道了。』
他問我：『你在寫什麼？』我就回答說，什麼都沒寫。
（那時候，我還沒開始寫小說。）
『我總有一天會寫的，要寫關於我妻子的回憶。』
『眞好。』
他說：
『至少，知道自己要寫什麼的人很幸福。』
『是嗎？』
『哪像我，即使想到要寫什麼，結果這裡面已經都寫了。』
他舉起《生活實用辭典》給我看。我覺得他好可憐。
這天，他也在十七號公園裡。他像往常一樣，坐在最角落的長椅上，正在看《生活實用辭典》。
我讓澪和佑司先留在原地，一個人走向他。他發現了我，抬起頭看著我。
『午安。』我說。
『喔，怎麼是你。』
『對，是我。』
他立刻興趣缺缺地又低頭看書，我慌忙叫住他。

『請問……』
他抬起頭。
『什麼事？』
『你知道經常坐在那個椅子上的老爺爺吧？』
我指了指頁碼老師的長椅，他漫不經心地點了點頭。
『我知道啊，是遠山爺爺。』
『遠山？這是頁碼老師的眞名嗎？』
『頁碼？』
他花費了三秒鐘搜尋記憶。
『喔～～』
他說：
『沒錯，沒錯，是頁碼老師。我聽說過。沒錯，就是遠山爺爺啊。』
『這幾天都沒有看到他。』
『他在自己家裡跌倒了。』
『眞的假的？』
『眞的。』
『情況怎麼樣？』
『沒有生命危險。但好像是大腦或者血管出了問題。』
他『啪』地闔上了手上的書。可能準備認眞和我聊一聊吧。

『但是，留下了許多後遺症。反正，已經無法恢復之前的生活了。』

我轉頭看著澪。她一看到我的臉，立刻飛奔過來。可能我的表情很嚴肅吧。佑司也遲疑了一下，追了上來。

『老師呢？』

她問。

我把年輕人說的話告訴了她。

『怎麼會這樣……』

年輕人又繼續說：

『好像決定要去很遠的養老院了。聽說出院後就會直接去那裡。』

『誰會幫他辦這些手續？』

『還不是自治會長那個愛管閒事的老頭，他最喜歡管這種事了。』

『你怎麼知道得這麼詳細？』

『我是他兒子。自治會長是我老爸。』

『喔，是這樣。』

於是，我們向他打聽了頁碼老師的家，離開了公園。

『維尼呢？』佑司問道。

『沒關係。』

澪說：

『沒關係的。』

『我還有很多話想要告訴他耶。』
回家的路上，我這麼說：
『很多、很多的話要告訴他。』
『就是啊。』
澪一腳踢起路邊的小石頭。
『你需要老師。』
『澪也是啊。』
『對，沒錯。』
她輕輕地點了點頭。
『是啊。但是，』
澪抬起了頭：
『又不是永遠見不到他了。』
『可是……』
『去養老院看他就好了。』
『那怎麼可能？不是說在很遠的地方嗎？』
『沒關係。』
澪說：
『沒關係的。』

18

第二天傍晚，我們按年輕人說的地址，去了頁碼老師的家。老師的家在十七號公園向北走十分鐘的老舊社區裡。

這是一幢有相當歷史的木造平房。以前，常稱這種簡樸的房子爲『文化住宅』。房子四周圍種著紫薇、繡球花、芙蓉和金桔等樹木。右側是一塊空地，左側是另一幢老舊的公寓。

我們推開木門，走進院子。踏石一直延伸到玄關的拉門。走在前頭的佑司大叫起來。

『啊，維尼在這裡！』

然後，他衝向庭院深處。我和澪也趕緊追了過去。

維尼躲在窄廊下，只探出一個頭。

『維尼！』

『～？』

聽到佑司的叫聲，牠抬起了頭。

牠的聲音比平時更輕，吐著舌頭，呼吸又淺又快。

哈　哈　哈　哈

佑司抱住維尼的脖子，將臉頰埋進牠的白毛。

『～？』

『牠好像都沒有吃東西。』

『好像是。』

自治會長雖然很熱心地幫忙別人，但可能並沒有想到『別人』還有狗。

『牠會不會被送到保健所㉗？』

『我不要！』

佑司抬頭看著我們，傷心地叫著。

『不行喔。』

『我知道。所以，我們要帶牠逃離這裡。』

『是嗎？』

『對。』

我把維尼項圈上的狗鏈從窄廊上解開。

『走吧。』

佑司說，我來拿，我就把繩子交給了他。

『維尼，我們走吧。』

但無論佑司再怎麼拉繩子，牠仍然不爲所動。

『維尼，老師不會再回來了，你再等也沒有用。』

『～？』

『走吧。』

『～？』

佑司抬頭看著我。

『牠不想走。』

『對。』

我蹲下來，將臉湊近維尼。

『你的態度很偉大。』

我對牠說。

『如果你繼續堅持下去，以後，可能會有人在車站前爲你建一個銅像㉘。』

『～？』

『但是，人生還有其他的選擇。老師不會再回來了。』

維尼歪著頭。

『沒錯，他要去很遠的地方。』

所以，我說。

『所以，你表示忠誠的態度雖然很偉大，但我覺得是不智之舉。』

『～？』

『老師也不希望這樣。老師一定希望你可以擁有美滿的人生。』

牠一臉認眞地思考著。

『你是隻聰明的狗。所以，我相信你能夠了解。離別的確很悲傷、很痛苦，但是，不能因此停下腳步。』

我站了起來，讓牠有時間思考。維尼抬頭看著我，然後，又看著佑司。然後，似乎看累了，低下了頭，吐出舌頭，閉上了眼睛。

我看著澪。她也輕輕地點了點頭，意思是再等一下。佑司也一言不發地注視著。

維尼抬著眼看著我們，淺淺的呼吸持續了好長一段時間。

終於，牠站了起來。抬起頭，看著我。

『決定了嗎？』

維尼點了點頭（至少我看起來是這樣）。

『佑司。』

『好。』

佑司輕輕拉著繩子開步走。維尼默默地跟在後面。穿過庭院的樹木，一直走到大門。我打開大門，把路讓給他們。佑司和維尼從我身旁走了出去。

『要說再見了。』

佑司說：

『你受苦了，很孤單吧。』

維尼回首看著自己多年生活的家。然後，高高地揚起頭，叫了一聲。

『唏—克？』

我們各自朝不同的方向看去。我們完全沒有發現，是我們腳下的白狗發出這個奇妙的聲音。

『唏──克？』

維尼又叫了一聲。

『是維尼！』

佑司大叫起來。

『維尼說話了。』

『原來維尼會說話。』

唏──克？

好像穿越細細的縫隙的風聲。

『牠是不是在道別？』

『一定是。』

『但聽起來也好像是在發問。』

『對。』

唏──克？

牠是在向突然銷聲匿跡的主人的道別嗎？或是在問上蒼自己的命運爲何如此悲慘？被奪走聲帶的白狗不停地朝向天空發出這種悲淒的聲音。

我們決定讓維尼在公寓的玄關留宿一晚。我們不知道該餵牠吃什麼，就把白飯和洋芋沙拉給牠吃，牠毫不猶豫地吃了起來。牠可能已經餓壞了。

『明天一大早，就要帶牠去保護中心。』

『不是我們要養牠嗎？』

佑司問。

『那怎麼行？公寓規定不能養狗。』

『那麼，可以讓別人來養啊。』

我靜靜地搖了搖頭。

『牠已經老了。況且，看起來也不夠漂亮。』

『可不可以讓牠住在附近的空地上，我們餵牠吃飼料？』

『那牠一定又會回以前的家。最後，又會被送到保健所。』

『保護中心是幹什麼的？』

『是民營的設施。只要付一點錢，就可以請他們照顧維尼。牠可以交到許多朋友。』

原則上，只能在找到飼主之前暫時寄養在那裡，但像維尼這種老狗，往往會在那裡終老。

『維尼會幸福嗎？』

『這不是牠能決定的。』

『那就是說，也可能不幸福囉。』

『不管在哪裡都有這種可能。』

佑司注視著正在吃洋芋沙拉的維尼，看他的眼神，好像是在認真地考慮著什麼問題。

『明天要很早就起床喔。』

我說：

『好好睡一覺吧。』

『唏——克嗎？』

『對，你也是。』

晚飯後，我查了電話簿，打電話去自治會長的家裡。傍晚，我們去頁碼老師家時有順道去找過他，但那時候他不在家。

自治會長剛好在家。

我向他請教了頁碼老師的病情，他說是腦血管的疾病。就像他兒子說的那樣，雖然沒有生命危險，但會留下後遺症。目前，四肢的一部分仍然麻痺，腦筋也還不夠清楚。我說我明天不上班，想要去醫院看他，但自治會長阻止了我。

『他現在還無法像以前那樣交談，你去看他，只會讓彼此難過。』

『我聽說他要去其他的養老院。』

『又不會這麼快去。還要在醫院裡住一陣子呢。』

於是，我就問了醫院的所在地，道完謝後，掛上了電話。

『怎麼樣？』

澪問我。

『他叫我過一陣子再去醫院探視。』

『喔。』

『妳會和我一起去嗎？』

『還要等多久？』

『我也不知道。』

『對喔。』澪說。

『我去。我會和你一起去，我想要看看老師。』

『好。改天去。』

『對。改天。』

譯註㉗執行預防疾病、環境衛生等公共衛生活動的機構。

譯註㉘在東京澀谷車站前，有一個忠犬八公銅像。在主人身亡後，仍然在澀谷車站翹首盼望主人的歸來，在牠死於澀谷車站後，人們建造了銅像紀念牠的忠誠。

19

早晨起床後，發現維尼不見了。

我立刻就知道是佑司幹的。他的小鞋子從鞋櫃裡拿了出來，橫七豎八地脫在玄關的水泥地上。

佑司還在熟睡，我拉開他的被子。他的睡衣外面還穿著一件黃色的連帽外套。他一定是在半夜這樣穿著出去的。

『佑司。』

聽到我叫他，他渾身抖了一下，睜開了眼睛。

『小巧……早安。』

我也向他道了早安，然後問他：

『維尼在哪裡？』

佑司不敢正視我的眼睛，沒有回答我。

『聽我說，』

我在他的枕邊坐了下來：

『我昨天不是說了嗎？如果不把維尼寄養在安全的地方，牠就會被送到保健所去。』

『但是……』

『我知道你想要和牠在一起，但你也要為維尼著想啊。』

佑司立刻抬起頭，用一種如泣如訴的眼神看著我。

『我當然有為牠著想。』

『是嗎？』

『對啊。維尼和我在一起一定比較幸福。』

『你說得沒錯。』

我點了點頭，用手指梳著他柔軟的頭髮。

『但是，每天都要提心吊膽地過日子。』

『提心吊膽？』

『對。不管在吃飯或是睡午覺時，都要提心吊膽。擔心有人會來把牠抓走。』

『萬一被抓到的話會怎麼樣？』

『萬一被抓到的話，就會被送到保健所或保護中心。』

『然後呢？』

『等想要養牠的新主人出現。』

『如果一直沒有人來呢？』

我無法回答，默默地注視著佑司的眼睛。

『如果一直沒有人來呢？』

佑司又問了一次。我輕輕地搖了搖頭。

『那麼就……』

『沒錯。

『我就是不要那樣。』

佑司說：

『我就是不要那樣。』

他從被子裡鑽了出來，拉著我的袖子走向玄關。澪正在廚房準備早餐。

『我們出去一下。』

我向她報備了一聲，就和佑司一起出去了。果然不出所料，佑司帶我去公寓後方的空地。

『咦？』

佑司叫著，四處張望著。

『怎麼了？』

『這裡，』他指著丟在那裡的一輛機車說：『我用繩子把牠綁在這裡，現在不見了。』

的確，機車的輪胎上綁著一根繩子。

『牠跑掉了。』

澪準備完早餐後，也和我們一起四處尋找，但仍然沒有看到維尼的身影。

天空突然下起了雨，我們被淋得渾身濕透，但仍然不願放棄地四處尋找維尼。我們也去了頁碼老師的家，牠也不在那裡。

雨下得更大了。

『怎麼辦？』

『或許應該放棄了。這樣會感冒。』

『對，明天牠可能就自己回來了。』

『要回來喲。』

佑司說：

『牠不會回來了。』

在回家的路上，佑司問我。

『維尼被抓到了，就會被送到保健所嗎？』

『不知道耶。也可能被愛狗的人撿回去養了。』

『萬一被抓到了呢？』

『我打電話去拜託一下，萬一有人撿到一隻會叫「唏—克？」的狗，請他們跟我聯絡，我們就去把牠帶回來。但這次真的要送去保護中心囉。』

佑司鬆了一口氣地露出了笑容。

『對喔。對嘛，這樣就可以了。』

『沒錯，就是這樣。』

20

第二天，只有我發燒了。澪和佑司看著我，露出不可思議的表情。那種表情，好像是看到一個洗了一下臉就感冒的人。看來，我的免疫系統真的很不中用，就好像預算和人員都大幅削減的國家防衛網，三兩下就讓敵人入侵了。

我每年平均感冒十次。只不過這一次剛好在這個時候出現而已，沒什麼值得大驚小怪的。

我窩在被子裡，澪餵我吃削好的蘋果。

『哇噢～～』佑司叫了起來，『好好喔。』

『你感冒的話，也可以享受這種待遇啊。』

『是嗎？』

但這個孝順兒子很少感冒。光是這一點，就幫了單親爸爸多大的忙。

佑司依依不捨，不情不願地去上學了。

『有沒有想要吃什麼？』

『沒有，我沒什麼食慾。』

『那我幫你打香蕉汁。應該喝得下吧？』

可以，我回答道。

澪走去廚房。我躺在這個位置，可以看到她結實的小腿。也可以看到她膝蓋後方露出靜脈的地方，以及上面少許柔軟的部分。眞是令人心動的景象。

太完美了。

良久，她用盤子端著冒汗的杯子走了進來。

『要多攝取水分。』

她拿著吸管，放到我的嘴邊。我像烏龜一樣伸著脖子，吸著吸管，喝下香蕉、牛奶和蜂蜜的混合液。胸口立刻舒服起來。

『好喝嗎？』

『好喝。』

我說：

『而且，很舒服。』

『是嗎？發燒還覺得舒服？』

『對。這樣也不錯，感覺好久沒這麼放鬆了。』

『你可以更放鬆，好好休息一下。』

『好。』

她把我的手和腳逐一從被子裡拉出來，幫我剪指甲。

『我說，』她說道。

『什麼？』

『你最好經常剪指甲。』

『爲什麼？』

『因爲你已經是大人了。』

『我不覺得。』

『是嗎？』

『我覺得自己好像還是十五歲，還趴在教室的課桌上打瞌睡做夢。』

『如果眞是這樣就好了。』

『誰知道。』

『如果眞是那樣，你還會娶我嗎？』

當然，我回答說：

『只要妳不嫌棄。』

『太好了。』說完，她站起來，走去隔壁的房間。

不久，我聽到她的聲音。

『我去買點東西。』

『是嗎？』

『沒有做晚餐的材料，還有，一些其他的事。』

『好。』

當她再度走進房間時，我覺得她的眼眶有點紅。可能是我想太多了。

她把自己的額頭貼在我的額頭上，確認我發燒的情況。

『燒得很厲害。』

『我習慣了。我的身體對任何事都反應得很誇張。』

『但還是要小心，不能小看發燒。』

『我知道。』

『我馬上就回來。』

『好，我等妳回來。』

我說。

她出門採購十五分鐘左右，我的熱度突然上升，渾身發冷，胸口附近有一種不可名狀的噁心。我把頭也蒙進被子，但仍然不停地顫抖。

忍耐了一陣子，終於等到了短暫的平衡狀態。我拿起枕邊的體溫計，含在嘴裡。一分鐘，就響起了『嗶、嗶』的聲音。小小的液晶面板上顯示出40.5。

不安立刻湧上心頭。我想像著萬一我死了，佑司呆然地站在一旁的樣子。

這是慮病症[29]式的妄想。

慮病症就像是不時地在意根本不存在的屁股味道，整天繞著屁股跑的狗一樣。只要一有不好的預兆，腦子裡就充滿可怕的想像。

發燒和開始從閥門漏出的化學物質，使妄想在我的腦子裡狂奔亂舞。

我想起以前發燒時，診所曾經開給我退燒藥。由於我儘可能不吃藥，所以，至今還沒有打開過。現在，我決定在失去自我控制之前吃藥。

我鑽出被子，匍匐著爬向廚房，從碗櫃裡拿出藥袋，取出一顆放進嘴裡。我用杯子裝了水，連同藥丸一起吞了下去，然後，繼續爬回被子。

這樣就沒問題了。我告訴自己。高燒馬上會退，佑司不會孤單一人了。

我如此安撫著自己的肉體，靜靜地等待著身體的變化。

終於，我聽到開關『啪』地一聲打開。就在心臟和胃的附近，聲音十分清晰。後來我才知道，那是我的感應器對退燒藥中所含的一種生物鹼（alkaloid）產生激烈反應的聲音。

世界顛倒了。

閥門完全彈開，衝破了液位計。但化學物質仍然不知道從哪裡不停地滿溢出來。渾身的肌肉開始收縮，完全無關我的意志。

我的手臂和腿向奇妙的方向扭曲，手指極度用力彎起，似乎可以將硬幣折成兩半。黑眼珠拚命上翻，幾乎可以看到自己的腦漿。心臟隨著帕格尼尼（Paganini）的隨想曲跳動，心臟跳動的技巧簡直無與倫比。

這時，我已經做好了自己步向死亡的心理準備。

這時，澪買菜回來了。

『燒有沒有退了？』

澪一邊說著，一邊走進臥室，但她看到的是翻著白眼，像蝦米一樣扭曲的我。

『老公！』

她衝了過來，將我抱在懷裡，我好不容易才擠出幾個字。

『救、護、車……』

她點了點頭，輕輕把我放回被子，跑向電話，打了一一九。

『救護車馬上就來了。』

我說，知道了。

雖然我想要看看澪，卻無法順利地將她的臉捕捉進自己的視野，只看到天花板和褪色的壁紙這些東西。

澪跑回我身旁，又抱著我的身體，不停地用手幫我梳理頭髮。

『我該怎麼辦？怎樣才可以讓你舒服點？』

這樣就好，我說。

我無法順利呼吸，再怎麼努力，也只能發出像悄悄話般的聲音。我費了九牛二虎之力，才舉起右手，伸到她的面前。澪握緊了我顫抖的拳頭。

我好害怕，我說道。

『別害怕，別害怕。救護車馬上就來了。』

我點了點頭。

我渾身難受，閉上了眼睛。地球自轉的速度比平時快了二十倍。如果她沒有抱住我，我一定會被離心力甩出太陽系。

突然，一陣大浪襲來，我用力地倒抽著氣。

『怎麼了?!』

她將嘴湊到我的耳邊。

『不能呼吸嗎？很難受嗎？』

〈對不起。〉

我說道。

『爲什麼？爲什麼要道歉？』

〈我沒有遵守約定。〉

『約定？』

〈我說過，我們要一起去旅行。〉

我混沌的意識已經忘記了眼前的澪是幽靈這件事。她是一直和我們生活在一起的妻子。

〈我說過，我們要再一起去看煙火。〉

總有一天，我們會去的。

對，她也同意。

然後，就像往常一樣，她的臉上浮起寂寞的笑容。

或許，她已經知道，這是無法實現的夢想。

『那我們就去嘛。對吧？我們一起去。你要加油。』

意識越來越模糊。

她的聲音越來越遙遠。

〈對不起，老是讓妳擔心。〉

〈謝謝妳一直陪我到今天，謝謝。〉

『別說了，別說這些。你不要再說話了。』

我的額頭上響起極其輕微的聲響。但也可能是濡的眼淚。

她親吻著我緊閉的眼瞼。

『來，慢慢呼吸，放鬆。』

然而，我仍然無法停止表達我想要說的話。

〈佑司就拜託妳了。〉

〈他和我長得一模一樣，有一天，他也會變成我這樣。〉

〈這樣的人生很痛苦，所以，〉

〈所以，所以，〉

我的意識越來越混沌，幾公分前的意識也籠罩在一片霞光中。

我甚至不知道自己目前身在何處。

我，我，我，

我說道。

『在妳的身旁，感覺很好，謝謝。』

然後：

『再見了。』

譯註㉙ Hypochondriasis，也稱爲疑病症，是一種神經衰弱現象，會整天懷疑自己罹患了某種疾病。

21

在被救護車送往醫院的途中，我的意識突然清醒起來。血液中滿溢的化學物質已經轉化成溫和無害的東西。

突然，我發現我已經很久沒有坐車了，我卻沒有感到不安。救護車是我可以最放心搭乘的交通工具之一。

『現在好了。』

我對一直緊握我的手的澪說。

『眞的嗎？』

『眞的。』

我張開手掌，又再度握緊。

『妳看，』

我說：

『我的手可以動了。』

手掌上留下了指甲的痕跡。如果澪沒有幫我剪指甲，可能會留下更深的傷痕。

『啊，』她嘆了一口氣說道：

『太好了……』

『對不起，』我說道：『讓妳擔心了。』

她輕輕地點了點頭，露出放心的笑容。

『我被你嚇得壽命都縮短了。』

後來，我才知道，這是她反諷式的幽默。

醫生聽了我的症狀後，立刻抽了血，檢查我是否有過敏問題，結果完全沒有問題。醫生用一種奇怪的眼神看著我，好像我是裝病癖的人。我很習慣這種視線。但發高燒是裝不出來的，所以，打了林格爾氏點滴（Ringer's solution）後，就讓我回家了。

雖然我們搭計程車回家，但並沒有感到特別的不安。可能化學物質已經沒有庫存了吧。

回到公寓，我被從頭冰到腳。這是醫生的指示。

『會不會冷？』澪問我。

『不會。』

我說：

『好舒服。就像阿爾卑斯的冰人。』

『什麼是冰人？』

『在冰河裡睡了五千年的男人，大家都這麼叫他。』

『他一定做了很多夢。』

『絕對是。』

澪從冰箱裡拿出原味優格，淋上蜂蜜，放在我的枕邊。
『要不要吃？』
『好，我吃吃看。』
她用湯匙舀起優格，放進我的嘴裡。我抬起頭，含進嘴裡。
冰涼的口感吃起來好舒服，微微的蜂蜜清香撲鼻而來。
『以前也曾經這樣發作過嗎？』
澪問。
『有幾次。』
我回答道：
『這是我第三次被救護車送進醫院。』
『之前兩次時，我有陪著你嗎？』
『對。那兩次妳都陪著我，也都是妳幫我叫救護車的。兩次都是在半夜。』
她拿著湯匙，眺望著窗外良久。我無法從她的側臉窺視到她的內心。然而，我可以從湯匙神經質地顫抖中，感受到她內心的起伏。
以前的她是個務實的女人，我推測，她的煩惱應該也很務實。
她一如往常，用細細柔柔的、語尾帶著抖音的聲音說：
『如果我不在，誰送你去醫院？』
她的語氣那麼自然，稍不留神，就會錯過了這句話。那種口氣，好像只是在擔心曬在外面的衣服沒有乾。

『什麼？』我問。

我感覺自己好像錯過了什麼重要的話。她看著我，面帶著微笑，極其溫柔的微笑。

『我很擔心你。』

然後，她又繼續將優格送進我的嘴裡。我大口吃著，感受著優格的酸味。我問她：

『妳剛才是不是說如果妳不在了？』

她裝糊塗地側著頭，瞪大了眼睛，好像在問，你說什麼？

『妳剛才有說，對吧？』

『對啊。』

她說：

『等雨季結束的時候。』

聽到她的話，我立刻領悟了。

『妳恢復記憶了嗎？』

但是，她慢慢地搖了搖頭。

『雖然我很想，但記憶還沒有恢復。』

『那……』

『我看了小說，你的小說。』

是我偶然發現的，她說。

『我在整理衣櫃時，那個鞋盒掉了下來，就在鞋盒裡。』

我點了點頭。
我把所有東西都藏在裡面。寫小說的筆記本，以及不能給她看到的各種證明——醫院的收據、墓地的地契之類的，都是有關她死亡的各種記錄。
我應該收在她絕對找不到的地方，但在這斗大的公寓，根本沒有『絕對的地方』。
『什麼時候發現的？』
我問。
『一個星期前吧。』
『對不起，我完全沒有發現。』
『不用介意。我原本不打算說出來的，所以，故意裝作不知道。』
『喔。』
『但現在覺得應該做一些準備。』
『準備？』
『對，爲了讓你們能夠好好生活下去，而且，我也想要好好向你們道別。』
『如果我告訴妳，那個小說是騙人的，妳會不會相信？』
她露出落寞的笑容，輕輕地搖了搖頭。
『我不知道該怎麼說，我看了小說，覺得許多事都找到了答案。我終於解釋了爲什麼我有不眞實的感覺。』
『不眞實？』
『那種好像自己並沒有活在這個世界的感覺。我一直都這麼覺得。現在找到答案後，才稍稍鬆了一口氣。喔，原來我是阿格衣布星的人。』

『而且，』她又接著說：『而且，你們的行爲也很奇怪。在談到我的時候，常常會用過去式。』

我完全沒有注意到。雖然我沒有注意到，但她都注意到了。我的小說停留在她回到這幢公寓之前。但是，這樣已經足夠了。只要再補充一堆的註解，就完美無缺了。

『你是爲我著想，才沒有告訴我嗎？』

我一言不發。

『你別這樣，』她說：『我沒有關係。』

『妳總是這麼說。』

我說：

『因爲有妳，所以我沒有關係。』

因爲有妳，我才可以這麼平靜。

『我希望永遠和妳在一起。』

『我也希望。但是，一定——』

『因爲妳已經決定了？』

『我也不知道。我什麼都不知道。但我不是告訴過你，雨季的時候我會回來嗎？』

所以，一定是：

『雨季結束的時候，我就會離開。』

『妳不要走。』

『我要怎麼做，才可以留下來？』
她很嚴肅地問我，她比任何人都想要知道這個答案。
『告訴我？』
我無法回答。相信沒有人能夠回答這個問題。或許有人知道，但他一直沒有開口。

『有一件事，我一直放在心上沒和妳提起。』
我說。
『什麼事？』
『妳是不是應該去看看妳的父母？』
『要怎麼去看他們？說我回來了嗎？』
『那當然不行。』
『但頁碼老師倒很鎮定。』
『對啊。』
她說，還是不要見比較好。
『我之所以沒有記憶，或許是爲了避免留下不必要的留戀。』
『是嗎？』
她點了點頭。
『我根本記不得我父母的樣子。即使見了面，也不知道該說什麼，只會讓彼此痛苦。』
『會嗎？』

『一定會。不用去了，悲傷的事越少越好。』

『是嗎？』

『絕對是。』

然後，她好像突然想到了什麼，從裡面的房間拿來一個白鐵的餅乾盒。

『喔，原來是這個。』

『這也是我一起找到的。』

『我都忘了。對了，我把它放在那裡了。』

是照片。

『這張。』

她抽出一張，放在我的面前。

『一點都不像我。』

這是婚禮時的紀念照。她穿著白色婚紗，我穿著燕尾服。她面帶微笑，我卻因爲緊張，臉色蒼白得像張白紙。

『眞漂亮。』

『我嗎？』

『當然。』

她說了聲謝謝。

『你看起來很不舒服的樣子。』

『我差一點暈過去。在婚禮上，妳問了我好幾次，有沒有關係？』

『很不舒服嗎？』

『常有的事，但終於堅持下來了。』

『謝謝。』

『沒什麼啦。』

第二張是在教堂前拍的團體照。

『這是妳父親和母親，還有妳妹和妳弟。』

我用手指著告訴她。

『看起來人很好的樣子。』

『對啊。』

『但婚禮好像很簡單，只有這些人參加嗎？』

『對，只有這些人。我們只邀請了家人。站在我們身後的高個子是神父。』

『是老外耶。』

『對，他叫波德曼。他日語說得很溜。』

『我們是在他面前宣誓嗎？』

『對。』

『我們有沒有遵守誓言？』

『當然有。無論在任何情況下都相愛，對吧？』

『對。』

『我們一直都很相愛。』

然後，我們拿出許多反映我們在這個公寓生活的生活照。

『這張照片的我，肚子好大。』

『因爲佑司在裡面。』

『我的臉都腫了。』

『對，從那個時候開始，妳的身體就不太理想。』

『啊，對喔。』

『這是佑司剛出生的樣子吧？』

『好醜。』

『哪有？不是很可愛嗎？』

『不，眞的很醜。』

『也對，』她說：『眞的有點醜。』

『但半年後，他就越來越可愛了。頭髮開始長齊，眼睛也大大的。』

『這些照片嗎？』

『對，就是從這個時候開始變可愛的。』

『眞的很像英格蘭王子吧？』

『對，眞的有那種感覺。』

『你看，這張照片，他手上拿著好多螺栓。』

『他很早就有這個興趣了，這個興趣貫徹了他整個人生。』

『和現在沒什麼兩樣嘛。』
『他和我一樣，屬於慢慢發育那一型。』
『是嗎？』
『我現在還有乳牙沒掉呢，而且，還沒有長臼齒。』
『眞的好晚熟。』
『對了，我連麻疹都還沒得過。』

不知不覺中，我累得睡著了。
當我醒來時，她不在房間。
『澪？』
我不安地呼喚著她。
『你睡了嗎？』
她一邊說著，一邊走進了房間。
『要不要量一下體溫？』
體溫已經降到38.1度。
『太好了。退燒了。』
『對，我覺得舒服多了。』
『我問你，』她說：『如果以後你又像今天這樣發作的話怎麼辦？我已經不在了。』
『沒關係，反正不會要我的命。雖然痛苦得快要死掉了，每次我都覺得一定會死，但從來沒死過。』

『但你一個人無能爲力啊。』

『佑司會在。』

我說：

『今天剛好是在白天發作，但通常只有在半夜才會發作得比較嚴重。所以，佑司會在。』

別看他是個孩子，他很能幹。聽我這麼說，她想了一下，然後點了點頭。

『那就好。』

『而且，我以後不會再吃退燒藥了。這次是因爲吃了退燒藥才發作的，只要不吃就沒關係了。』

『又多了一項你不能做的事。』

『對啊，但了解自己不能做什麼也很重要。否則，在不知不覺中做了，就會造成嚴重的後果。』

『像今天這樣？』

『對。』

我還是放心不下，她說道：

『就這麼離你而去，我放心不下。』

『妳總是這樣。』

『怎麼樣？』

『妳總是爲我擔心，卻一點都不注意自己的身體。』

『這是我的命。』
『但是……』
『什麼？』
『算了，』我搖了搖頭，『沒什麼。』

過了一陣子，幾乎已經完全退燒了。當身體的不適消失後，寂寞立刻趁虛而入。
『澪。』我呼喚著她。
她坐在我的枕邊，剝著四季豆的筋。
『什麼事？』
『妳過來這裡。』
我說。
『這裡。』
她看了看我，然後看了看手上的四季豆。她的眼神令我想起她在那個車站的月台上對著雙手吹氣的樣子。她遲疑了幾秒鐘，說：
『那，就讓我借用一下。』

『哇，好冷。』
『啊，我忘了。』
我把放在自己身體四周的冰袋拿了出來。

『這樣就好了。』

『你也好冷。』

『我是冰人。』

『對啊。』

我用手環抱住她的柳腰。她遲疑地反抗了一下，但立刻放鬆下來。然後，把頭放在我下巴的下方。

『對，對。』

我說。

『什麼？』

『最佳位置。』

『這樣嗎？』

『對。』

『我在無意識中就擺出這個姿勢。』

『我們是夫妻嘛。』

原來如此，她開玩笑地說。可能有點害羞吧。

『真希望可以早一點走到這一步。』

澪說著，親吻著我的脖頸。

『我們的戀愛只有短短的六星期。』

『我該怎麼做？』

我問她。

就這樣，她說：

『這樣就好。』

我回來了，佑司衝了進來。

『媽媽？』

我們還來不及分開，佑司就走進了臥室。他看到在被子裡相擁而不知所措的父母，叫道：

『哇、哇、哇、哇。』

22

澪逐漸著手做離開這個世界的準備，都是一些爲了讓我和佑司可以過正常生活所做的準備。澪仍然瞞著佑司，她說，等適當的時機再告訴他。她開始閱讀書籍，針對我的問題進行研究。然後，搭了兩小時的電車，買回來三個遮光瓶。

『這是芳香精油。』

她說：

『是薰衣草、尤加利和檀香。』

『要怎麼用？』

『只要聞香味。』

『就這樣而已？』

她點了點頭。

『這也是你常說的化學物質的一種。可以進入你的身體發揮作用，讓你的身體平靜下來。』

『如果還不行呢？』

『這個嘛。』

她想了一下。

『那你唱歌好了。』

『唱歌？』

『對。要這樣唱。』

有一隻大象

在玩蜘蛛網

玩得眞開心呀

又找來一隻

大家一起玩

『喔～』我說，『我知道，佑司教我唱過。』

『佑司？』

『他說是妳教他的。』

『可能是以前教過他吧。』

『妳在哪裡學會這首歌？』

『我不記得了。』

她說：

『只是突然想到，感到難過時，可以唱這首歌。』

『妳以前也一定唱過。』

『對，在我難過的時候。』

澪把一滴薰衣草精油滴在面紙上。我接過來，湊近鼻子。

『怎麼樣？』

『嗯，好香。我第一次聞這種味道。』

我說：

『但不知道爲什麼，我覺得讓我有一種懷念的味道。』

『怎麼個懷念法？』

『要怎麼說，好像是小時候……』

『小時候？』

我又把鼻子湊近面紙聞了一下。

『我知道了，是我小時候吹口琴時的味道。』

『口琴？口琴會有這種味道嗎？』

『我表哥送我的，是上下兩段的鐵製口琴。當嘴唇碰到鐵時，鼻子裡面就有這種味道。』

她似乎無法認同我的感想，但隨即把滴有檀香精油的面紙遞給我。

『啊，我知道這個味道。』

『是嗎？』

『是我奶奶的扇子。』

『什麼意思？』

『絕對錯不了。是我奶奶的扇子的味道，那種味道很獨特。』

她側著頭想了一陣子，突然『啊』地拍了一下手。

『你可能說對了。』

『什麼？』

『檀香精油就是從檀香木中萃取的。』

『喔，所以呢？』

『許多扇子都用檀香木做扇架。』

『喔，原來是這樣。』

好，再試試下一個，她說完，又讓我試尤加利。

『這是曼秀雷敦的味道。就是這種味道。』

她也將鼻子湊近聞了聞，然後點了點頭。

『對，我也覺得。』

你很容易感冒，她說：

『可以把一滴尤加利滴在水裡漱口。也可以用調和油稀釋後，塗在喉嚨上。』

『好，我知道了。』

『你不能吃藥，所以要特別小心。』

『好。』

『你生病會讓身體免疫力衰退。』

『會嗎？』

『會。所以，要比別人更加小心。不要吃速食的東西，儘可能自己煮。』
『好。』
『還要吃蔬菜。即使佑司不喜歡，也一定要叫他吃。』
『沒問題，包在我身上。』
澪一直注視著我的臉，思考了一陣子。她的眼中並沒有我，至少，並不是現在的我。她所看到的可能是六個月後，或是更久以後的我。
然後，她說：
『我知道了。』
『知道了？』
『我不應該對你說，或許應該叮嚀佑司。』
『妳的意思是，』
我說：
『佑司比我更可靠嗎？』
『在某些地方，的確是這樣。』
澪毫不猶豫地點著頭。
『你之前不是說過，佑司有一半來自於我嗎？一定是這一半辦事比較牢靠吧。』
『那剩下的那一半呢？』
嗯，她想了一下。

『嗯，可能專門負責溫柔吧。』

『是喔。』

之後的日子，澪開始教佑司做各種家事。怎麼使用菜刀，如何分辨食材的好壞，以及曬衣服時，要先把衣服拉一下之類好多好多的事。

我覺得自己就像是被換下場的候補球員——坐在長椅上，看著教練手把手地教新人的老頭兒，內心充滿嫉妒，很想要拿起毛巾的角咬一咬。

爲什麼只教他？

說起來也眞奇怪，以前我也叫他幫忙做過家事，但或許因爲是以拙手笨腳的父親爲榜樣，所以，他做事的樣子也讓人放心不下。然而，一旦有了優秀的老師，他就立刻發揮出他應有的潛力。

無論如何，他有一半繼承自澪。平時傻呆呆地問『是嗎？』的樣子，一定出自我負責的那一部分。

不過，這種事不重要。

晚上，佑司看電視的卡通節目時間，我在一旁練字。

『以前，妳也要我練過。』

『是嗎？』

『妳是想說，既然練過，怎麼還是寫得這麼糟糕？』

『有點這個意思。』

『我就知道。』

她希望我完成小說。聽到我想要寫給佑司看時，她顯得十分雀躍。

『兒子現在才六歲，很多事都會忘記。』

所以，她說：

『所以，我覺得寫下來是個好主意。把我和你的邂逅，以及我們現在的故事寫下來。』

所以，必須用佑司看得懂的字來寫。她就是這個意思。

『我筆記本上的字很難看懂嗎？』

『對。雖然不至於像羅塞達碑㉚的象形文字那麼糟，不過，也有夠醜的。』

『是喔。』

『那時候，佑司還是個嬰兒。』

『那離現在很久了。如果你堅持的話，現在的字一定很漂亮。』

『我堅持了三個月左右。但在佑司學會爬的時候就停止了。』

『他會搗蛋，對吧？』

『對。他興致很高，一臉「你在幹什麼？」的表情，想要來抓我的原子筆。』

『真可愛。』

『可愛是可愛，但被他這樣攪和一百萬次，誰都會火大。爲什麼嬰兒會永無止境地重複同一件事？』

『可能是因爲他們很快就忘記之前的事吧？』

『可能吧。但我實在太生氣了，就把被子堆起來做成壕溝，但佑司還是越過障礙爬了過來。』

『他體力眞好。』

『那當然。因爲他整天喝幾加侖妳爲他特製的母奶，就像全盛時期的羅傑．巴尼斯特（Roger Bannister）一樣充滿活力。』

『那是誰？』

『我很熟的一個人。』

『是嗎？』

『但他不認識我。』

『我就知道。』

在此說明一下，羅傑．巴尼斯特是史上第一個在四分鐘以內跑完一英里的人。某本雜誌還將他選爲代表二十世紀的一百人之一，他是個了不起的人，足以和佑司相提並論。

譯註㉚ Rosetta stone，一七九九年，在埃及尼羅河口羅塞達城郊發現的一塊埃及古碑，上面刻有象形文字和希臘文。

23

週末，我們去了植物園。

我帶著很久以前爺爺送我的 Minolta 相機。

『我拍得出來嗎？』

『沒關係。妳很實實在在地在這裡。』

像往常一樣，我讓澪坐在腳踏車的後座，我拚命踩著踏板。佑司騎著兒童腳踏車跟在後面。

『你最近都不騎機車了嗎？』

澪問道。

『對，很久以前就不騎了。太害怕了，根本不敢騎。』

『我也覺得你最好不要騎，太危險了。』

『我真佩服自己以前怎麼會騎這麼危險的東西，連安全帶也沒有。』

『而且，』澪說：『也沒有安全氣囊。』

『就是嘛。』

很久沒來植物園了。在澪健康的日子，我們每個月都會造訪一次。

我們將腳踏車停在入口附近，走過大門，進入園區後，有五十公尺的石板路，右側的草坪上豎著標示牌。
上面寫著『本季可以欣賞的花』，下面掛著近十塊花的名牌。
鴨跖草、蘿蔔草、珍珠花、風鈴花……
『上面寫著大葉玉簪花耶。』
佑司語帶興奮地叫了起來，聲音響徹空無一人的園區。
『這個植物園裡有許多玉簪花。除了大葉玉簪花，還有唐玉簪花以及線玉簪花之類的，有很多不同的品種。』
『你懂得眞多。』
『都是從妳那裡現學現賣的。』
『是嗎？』
『對。妳知道將近兩百種花的名字。可能更多吧？總之，妳很喜歡花。』
『我好像有點記憶。』
『我們再進去裡面看看。那是妳最喜歡的地方。可能有助於妳恢復記憶。』
『好。』
我們在林間漫步。
『這是日本七葉樹。』
我指著路邊的每一棵樹木，一一說出它們的名字。當然，這些都是澪教我的。
『這是鐵樹。』
佑司吃吃地笑了。

『鐵樹，好奇怪的名字。』
『正式名稱叫流蘇樹。』
然後，這是百合樹。
『百合樹？』
『對。但不是百合。春天時，會開出很像鬱金香的花，我和妳常在開花的季節來這裡。』
『那我呢？』
『也有來啊。從很小的時候，你還在坐嬰兒車時就帶你來了。』
『是嗎？』
『對啊。』
我們按逆時針的方向繞著園區，在園區最深處是一整片紫藤架。腳下的紅椒草、苜蓿草茂密生長。我們把野餐墊鋪在那裡，吃著澪和佑司一起製做的便當。
『這香腸是我切的。』
『好厲害，是章魚的形狀。』
『很厲害吧。』
好安靜，澪說：
『幾乎看不到人影。』
『大家都喜歡看那些有名的花，像是繡球花或是薰衣草，還有玫瑰花之類的。沒有人會特地跑來看鴨跖草。所以，這裡總是很安靜。』
『我很喜歡這裡。』

『妳一向都這麼說。有沒有想起什麼？』

『我也不知道。但我覺得胸口深處很痛，這就是懷念的感覺嗎？』

『一定是。』

吃完便當，佑司繞著磚塊砌起的大池塘跑著。漂浮著杏菜和燈芯草的池塘裡，有許多黑鰷魚優游其中。

『他好像很高興。』

『那是他喜歡的地方。他可以一直看著水裡，永遠都看不膩。』

『眞的嗎？』

『眞的。』

啊～～澪伸了個懶腰，仰臥在野餐墊上。我也躺在她身旁。

『好舒服。』

『對啊。』

遠處傳來小孩子的笑聲。牛虻在我耳邊拍打著翅膀，一下子又飛走了。

『這樣會睡著耶。』

我轉過臉去，剛好和一直看著我的澪四目相接。

『雨季快結束了。』

澪說。

『對。』

『我不想離開你們。』

我抱住她的頭。

『嗯。』

『眞希望這是一場夢。』

『是嗎?』

『眞希望一覺醒來,是在高中的教室,你就在我旁邊。』

『嗯。』

『然後,我就對你說,我們結婚吧,我們會生一個像英格蘭王子一樣的兒子。』

『嗯。』

『你會說什麼?』

『那就請妳多關照了,』我說:『只要妳不嫌棄的話。』

我們相擁接吻。

『這是我的初吻。』澪說道。

『謝啦。』

我說。然後,又問:

『可以再來一個嗎?』

我們三個人一起拍了照。我將照相機放在石頭飲水台上,設定了自動攝影裝置,拍了好幾張照片。我和澪並排站著,佑司站在我們中間。我們的手緊緊相握,身後的紫薇綻放著白色的花朵。

我們在植物園對面的園藝店買了玫瑰花的盆栽。春天的花已經凋謝了，下一次會在秋天開花。

『這是什麼花？』

佑司問。

『竹取公主㉛。』

澪說道。

『竹取公主？』

『對。我要請佑司幫忙照顧這個公主。』

『我嗎？』

『對，你要好好照顧它，讓它在秋天時開花喲。』

『會開什麼顏色的花？』

『聽說是黃色的花，味道會很香喲。』

我說。

『我會好好照顧的。』

『拜託囉。』

我們帶著玫瑰花的盆栽一起回家。

譯註㉛日本故事『竹取物語』中的女主人翁，是來自月亮世界的仙女，從竹子中蹦出來，由採竹筍的老夫婦撫養長大。

24

剩下的時光比預料中過得更快。

澪教佑司做料理，晚上，我就練字。買菜回家的路上，去沒有老師和維尼的十七號公園駐足片刻（在我發燒臥床不起時，老師被送至遠地的養老院。我們在好一陣子後才知道），晚餐後，三個人在沿著灌溉渠的步道上散步。

我們背著佑司接吻了好幾次。

電視的氣象預報說，雨季快結束了。今天清晨，在黎明前夕下了一場大雷雨，這場雨，也宣告著雨季已經接近尾聲。

還有兩天。

佑司埋頭吃著早餐，並沒有注意到電視的聲音。

我看了看澪。

她哭喪著臉搖了搖頭。

（拜託，先不要說——）

佑司不知情地繼續吃著他的早餐。

那天晚上，我和澪做愛。

在確認佑司像往常一樣發出沈重的呼吸時，她鑽進了我的被子。

『上一次，我們花了六年才走到這一步。』

『這次只花了六星期。好厲害。』

在這個國家，有很多人只花六天就可以走到這一步。我在被子裡脫下澪的棉質睡衣。她的身體僵硬，聽任我的擺佈。

『你動作好熟練。』

『託妳的福，我和妳練了無數次。』

當我幫她脫下內衣後，揉成一團，和睡衣一起拿出棉被外。她慌忙伸手將白色的內衣藏到睡衣下方。這時，我看到她嬌小的乳房微微顫抖著。她發現了我的視線，立刻將被子拉到肩膀上。

『怎麼會這樣？』

她說：

『沒有穿衣服，就覺得很不安，好像很沒有安全感。』

『是嗎？』

『對。你也快脫掉衣服，只有我一個人脫好奇怪。』

『好。』

我脫下睡衣和內褲，揉成一團，丟到被子外。

『哈，現在我們都一絲不掛了。』

我們面對面側躺著，緩緩地、輕輕地相擁。
『哈，』她說：『原來就是這麼回事。』
『對，但並不是只有這樣而已。』
『好複雜，不知道我行不行。』
『沒問題。至少，以前的妳沒問題。』
『那，我就努力看看。』
『這種事要靠努力的嗎？』
『難道不是嗎？』
『可能是吧。』

但是，問題可大著呢。結果，害她拚命努力。
『好痛。』
『怎麼可能？』
『眞的。』
『但是——』
『你是不是找錯地方了？』
我將注意力集中在一點。
『不，我沒搞錯啊。』
『那爲什麼會這樣？』

她在下面不安地看著我。我用雙手將上半身撐起來，思考了好一陣子。

『一旦離開這個星球，再度回來時，可能一切都回到原點了。』

『原點？』

『就好像玩電動玩具一樣。以前的經驗都歸零了。』

『是嗎？』

『所以，妳既沒有記憶，也沒有性經驗。』

我說。

『應該沒錯，只輸入必要的資訊，一切從頭開始。』

『我是處女嗎？』

『應該是這麼回事吧。』

她顯得很納悶。

也難怪。

如果有人對六歲孩子的母親說，其實妳是處女，想必每個女人都會納悶吧。

『沒問題。』

我說：

『一切交給我吧，我們練習過很多次了。』

這句話終於讓她的表情緩和下來。

『對喔，對啊。』

然後，她閉上眼睛，放鬆全身表示順從。當我慢慢進入她的身體時，她挺起了背，我可以看到她白皙的喉嚨。她的雙唇微開，發出微弱的聲音。

『請你，溫柔一點，輕一點……』

但我覺得我可能令她失望了。幾年前，我們第一次做愛時，還不會像今天這麼糟糕。那時候的我，一心只想著那件事，根本無暇顧及她的感受，兩個人還沒搞清楚是怎麼回事就結束了。但這一次，我已經有了半瓶醋的經驗，隨時會顧及她的反應，腰部便會往後退。結果，反而讓她承受了更長時間的痛苦。

澪神情恍惚，毫無戒心地躺在一旁，我呆呆地看著她白色的乳房。沾滿汗水的乳房看起來就像剛出生的雙胞胎小貓。

『妳盡力了，好厲害。』

聽我這麼一說，她仍然閉著眼睛，臉上露出了微笑。

『我該說「還好」嗎？』

『不，妳眞的努力了。』

『謝謝。』

『不客氣，不客氣。』

我們一絲不掛地並排躺著，看著橘色的天花板。

『唉，』澪說：『我好高興。』

『是嗎？』

『這六個星期太美妙了。』

『嗯。』

『我談了戀愛。』

『對啊。』

『我們牽了手、接過吻。』

『還做了愛。』

『也做了媽媽。』

這樣就夠了，她說：

『我已經不奢求什麼了。』

『嗯……』

『能遇到你，眞是太好了。』

『嗯……』

她輕輕地將雙手放在自己胸前。

『或許你會覺得很奇怪，』

她側頭看著我。

『一開始，我很嫉妒你太太。』

『我太太就是妳啊。』

她搖了搖頭。

『我是我。是六個星期前才出生的女孩子。』

『嗯，我知道。我能理解妳的感覺。』
『所以，我好羨慕她。你們這麼愛她，有那麼多關於她的回憶。』
『嗯。』
『當你們用充滿愛憐的眼神看著我時，其實並不是在看我，而是在看你們記憶中的那個女人。』
所以，她繼續說：
『所以，我十分努力。想要成爲一位好太太，希望你們可以愛我。』
『嗯。我愛上了妳，就像第一次看到妳時那樣。』
『是嗎？』
『妳讓我心動。我又再度墜入了情網。』
我再度愛上了才出生的妳。
澪瞇著眼睛看著我，用一副快哭出來的表情展露了一個尷尬的微笑，說：
『我愛你愛得無法自拔。』
我伸手擁她入懷。她身上的汗涼涼的，她的身體也涼涼的。
『我也是。我們無論相遇幾次，都會被對方吸引，然後墜入情網。』
『有朝一日，在某個地方嗎？』
『對。有朝一日，在某個地方。那時候，請允許我陪伴妳，因爲，在妳身旁的感覺眞好。』
『對啊。』

她說：

『我也喜歡有你陪伴。』

她把頭放在我脖子的下方。

『這是最佳位置，對吧？』

澪的聲音在我的鎖骨附近輕輕響起。

『因爲我們是夫妻嘛。』

我說。

『對啊。』

快了，她說：

『就快要明天了。』

她問我，睏不睏？我回答說，不睏。

『反正明天是星期六，不用上班，沒關係。』

『那，可不可以讓我再這樣抱著？』

『可以啊，我們就這樣抱著。』

『謝謝。』

『不客氣，不客氣。』

25

和前一天沒有太大變化的第二天接踵而至。然而，這對我們而言，卻預示著這將是傷感的一天，就像一年前的今天。

並不是所有的插曲都充滿喜悅，也有悲傷的插曲。大部分悲傷的插曲都有關離別。每一段愛的故事都有離別，我至今還沒有聽過沒有離別的愛情故事。

濛濛細霧般的雨輕輕飄落地面，天空染成一片濃密的乳白色。沒有深度、沒有寬度的天空讓人不屑一顧。

我們撐著雨傘走向森林。地上有許多小水灘，佑司用力踩著每一個水灘。

位在森林入口的造酒工廠一如往常發出『咚、咚、咻』的低沈呻吟。我們踩著覆蓋著好幾層落葉的小徑前進。麻櫟和日本安息香樹濕答答的樹葉遮蔽了整個天空；小徑的兩旁，酢醬草綻放黃色的小花；露出地面的松樹樹根被雨滴打濕，發出柔和的光。

雨滴被樹葉隔絕，不會打到我們身上。我們收起傘，澪和佑司手牽手走著。

『我還想看看玉簪花。』

澪說。

『快到了，前面就是了。』

但是，當我們走近時，花已經凋謝了。只有漂亮的大葉子被雨打得不停地搖擺。

『花已經謝了。』

『對啊。』

我們來到森林的外圍，這一帶是緩緩的上坡道，前方就是森林的盡頭。

澪放慢了腳步，一直注視著身旁的佑司。

『怎麼了？』

佑司發現了母親的視線問道。

『媽媽……』

『嗯。』

然而，她說不出口。

『怎麼了嘛？』

佑司用一種不知道應該期待，還是應該不安的複雜表情抬頭看著母親。

『媽媽，』

她終於繼續說道：

『媽媽馬上就要和你說再見了。』

佑司臉上的表情立刻消失，微微張開的雙唇輕輕顫抖著。他凝視著母親的臉好久好久。

終於，他看著滿地的落葉，慢慢地垂下了頭。

『馬上是多久？』

佑司仍然看著濕濕的地面問道。

澪搖了搖頭。

『媽媽也不知道。』

『媽媽不是已經決定了離開的日子嗎？妳不是已經想起來了嗎？』

『沒有。是爸爸告訴我的。』

『我們約好不告訴妳的。』

佑司仍然低著頭，小聲嘀咕著。

『是媽媽問爸爸的，媽媽請爸爸告訴我的。』

『是嗎？』

『是的。』

然後，他們兩人都陷入了沈默。

他們手牽著手，配合著步調，慢慢前進，彷彿是世界上第一對，或是最後一對母子，沒有人可以取代他們。母子宛如生命共同體般相偎走著。

我跟在他們後面，恍然地看著他們的背影。澪穿著白色的洋裝，披著一件櫻花色的針織外套。和那天的裝扮相同。佑司穿著七分褲和黃色的長袖T恤，細細的腳上穿著一雙和T恤同色的長筒雨靴，長筒雨靴上畫著一隻和維尼十分相像的狗。這是澪幫佑司買的，他在大晴天時，也常穿這雙雨靴。

『媽媽？』

佑司終於開了口。他的聲音和澪很相像，但比澪還要高三度。

『媽媽，對不起。』

他說。

澪停下了腳步，彎下身子，看著佑司的眼睛。

『爲什麼要道歉？』

她撥了撥淋濕的頭髮，將臉貼近年幼的兒子。

『你根本沒有做錯事啊。』

佑司靜靜地搖了搖頭。

『是我的錯。』

他的尾音上揚，輕輕地喃喃道。他在壓抑著什麼，壓抑著某種正要衝出喉嚨的東西。

『你是個乖孩子，快別這麼說。』

澪輕輕撫摸著佑司的臉。佑司的鼻頭漸漸染成了紅色，他用力地眨了好幾次眼睛。

『都是因爲我，對不對？』

佑司的聲音輕輕顫抖著：

『都是因爲我，媽媽才會死，對不對？』

澪驚訝地抬起頭看著我。

我立刻搖了搖頭，然後，慢慢地點了點頭。

不，不是他的錯。

妳應該知道我的想法，對不對？我的想法，都寫在小說裡了，就像妳看到的那樣。他——

佑司就像還未飄落到地上的雪一樣潔白無瑕。

她對我點了點頭。

我知道，我和妳想的一樣。

澪看著佑司的眼睛說：

『不是這樣的。』

她的表情從來沒有這麼嚴肅過。

『你說錯了。』

『我沒說錯，我都知道了。』

佑司用小小的拳頭擦拭著奪眶而出的淚水。

『親戚的阿姨告訴我的，媽媽是因爲生了我才會死的。』

他抬起頭看著澪。紅通通的臉頰濕濕的，粉色的嘴唇張成O字形，他向母親哭訴著。

『我以前一直都不知道。』

他拚命眨著眼睛。

『我一點都不知道。如果知道的話，我就會做個乖孩子。』

對不起。

佑司用力地吸著鼻子。

『我一直想要向媽媽道歉。媽媽，對不起。』

對不起。

『不要道歉。』

澪說：

『你什麼都沒有錯。你是個乖孩子，是世界上最乖的孩子。』

她的聲音嘶啞，劇烈顫抖著，彷彿已經不是她的聲音。

『但是，』

佑司用力地吸著鼻子：

『如果不生我的話，媽媽就可以一直陪著小巧，不是嗎？』

『不是這樣的。』

不是這樣的。

澪用手指梳理著佑司濕濕的頭髮。

『媽媽即使不生佑司，也會有同樣的命運。』

佑司停止眨眼。

『而且，我無法想像，我的生命中如果沒有你會變得怎樣。因爲有你，我的生命才有意義。』

『是嗎？』

『如果沒有你，即使再活五十年，我也不可能像現在這麼滿足。』

『眞的嗎？』

『眞的。爸爸和媽媽的相遇，就是爲了和你相見。』

『和我？』

『對，就是你。不是別人，就是你，我的英格蘭王子。』

『那是誰啊？』
『就是老是鼻塞，老是喜歡撿一些沒有用的垃圾，整天把「是嗎？」掛在嘴上的那個人。』
『是嗎？』
『對啊，你是我最心愛的寶貝。』
『那個人就是我嗎？』
『對啊，就是你。』
她貼著佑司的臉。
『要長成一個優秀的大人喲。』
她親了親他的臉頰，又親了親他頭髮後梳的額頭。
『雖然我無法看你長大，但我會爲你祈禱。祈禱你的人生充滿了愛。』
『在阿格布衣星祈禱嗎？』
『對。我會在阿格衣布星一直惦記著你。』
『我永遠不會忘記媽媽。』
佑司抱著母親的脖子低聲說道：
『我永遠都不會忘記媽媽。這樣的話，當小巧去阿格布衣星時，就可以和媽媽相見了。』
『謝謝。媽媽也忘不了你，我的兒子。』
我愛你。
說完，他們又緊緊地抱在一起。

『雖然我的人生很短暫，但因爲有你，每一天才可以過得充實。』
謝謝。
『爸爸就拜託你了。你要代替媽媽好好照顧爸爸。』
『好，我知道了。』
澪用手帕幫佑司擦去眼淚，爲他擦了擦鼻子。
『我還不會這麼快就走。』
她說。
『沒關係的。』
佑司點了點頭，兩人繼續牽著手向前走。
到了森林的盡頭，露出一整片的天空。
佑司正在埋頭尋寶。有裂痕或是有幾個小齒的螺栓都是他的寶貝。
雨籠罩著我們，似乎想要向我們預示著什麼。
她用雙手撥起淋濕的頭髮，露出我從十五歲時就十分熟悉的漂亮額頭。散落的幾根黑髮緊貼她的額頭。
『我剛才那樣做對嗎？』
她問。
『妳做得對。妳的一番話，讓佑司終於原諒了自己。』
『他竟然一直爲這件事承受著煎熬。』

『都怪我沒有注意到，我應該對他說清楚的。』

『這不是你的錯。』

她用若無其事的語氣說道。那種態度彷彿在說，雖然這種事不需要我來聲明，但還是說一下吧。

我點了點頭，覺得心裡輕鬆多了。

我背對著崩塌的牆壁站著，身後就是寫著#5的那道門，支柱彎曲的信箱就在我的旁邊。眼前的一切都被雨淋得濕透，顯得更加陳舊。

『老公。』澪說。

『什麼事？』

她的聲音一如往常，我也用往常的聲音回答她。

她說。

『我好像快要走了。』

她的語氣，彷彿我們傍晚又可以重逢一樣。

但事實卻並非如此。

她舉起右手給我看。她手指第二個關節的前端已經消失了，只留下模糊的輪廓，輪廓裡面的東西已經去了另一個地方。透過她的手指，我可以看到森林。

我的胸口響起開關的聲音。

卡滋。

我可以感受到閥門彈開了，液位計的指針跳了起來。

『會不會痛？』

我的聲音因為不安而顫抖著。

她用不可思議的眼神看著自己的指尖（應該在的那個空間）。

『不會痛。但我覺得指尖好冷。』

『那就代表手指還在。』

『對，一定在某個空間。』

『妳會去那裡嗎？』

『我想應該是。』

『我該怎麼辦？』

『握住我的手。』

她的笑容好孤寂。

『求求你，握著我到最後一刻。』

『好。』

我的右手握住澪的左手，用力地握著。

彷彿我相信，這樣握著，就可以把她留在這個世界。

澪纖細的手指用力地回握著我的手。

她的手指微微顫抖著。她在害怕，她感受到強烈的不安。然而，她怕我擔心，努力表現出平靜的樣子。

我告訴自己。
要堅強。
為了她，要堅強。
『不用怕，』我說：『我在這裡。』
澪臉色蒼白地點了點頭。
我們手牽著手，心連著心，克服了第一波洶湧而來的不安的風暴。
隨之而來的，是一片短暫的平靜。

『老公。』
她說：
『好好照顧佑司。』
『好。』
『要連我的份，好好愛他。』
『好。』
然而，她立刻說不出話來。她低著頭，緊咬雙唇，從她的薄唇之間，可以看到她的虎牙。
她閉上眼睛，滾落了一行熱淚。
『我心裡好難過。』
她說：

『我不想走，我還想留在這裡，我想要看著佑司長大，我想要永遠陪伴在你的身旁。』

她『呼』地吐了一口氣，仰起臉。

『眞討厭，我怎麼說這些讓你爲難的話。』

『沒關係。把妳所想的統統告訴我。』

她閉上眼睛，輕輕地搖了搖頭。

『不行，我說不出話來。你說吧，對我說說話。』

『我——』

結果，脫口而出的，是我深藏在心頭的話。

『——我想要給妳幸福。』

我更用力地握著她的手。她也用力回握著我。

『我好想要帶妳去看電影；也好想和妳在高樓上一起喝著葡萄酒欣賞夜景。我好想像普通的夫妻一樣，讓妳過普通的生活。』

但是，我都做不到。

澪在這個小城市中，度過了短暫的一生。雖然她完全有機會走向廣闊的世界，然而，她卻始終陪伴著丈夫，不曾離開過這個地方，悉心蒐集、珍藏著別人眼中微不足道的小小幸福。

就像是廉價畫框中的自畫像，都屬於她小小的幸福。

『對不起。』

我說。

她用濕潤的雙眼凝視著我，露出僵硬的笑容。
『爲什麼——』
她的聲音因爲流淚而帶著鼻音。
『爲什麼我們家的男人老是道歉？』
她的薄唇失去血色，微微地顫抖著。
『我很幸福。我什麼都不需要，只要能夠守候在你身旁。』
你知道嗎？這是這個世界至上的幸福。
『是嗎？』
『是的。』
她說：
『你要對自己有自信，你很棒。』
『只有妳會說這種話。』
『沒這回事。』
『當然有這回事。妳是個怪人，妳眼光太差了。』
她一言不發，用溫柔的眼神看著我。
『我問你，』她說：『你和我在一起幸福嗎？』
『很幸福，太幸福了。妳和我結婚，就已經讓我太幸福了。』
『是嗎？』
『對。』

澪的右手手肘以上的部位已經消失了，時間所剩不多了。

『你要多保重。』

她說。

淚珠沾濕了她的杏眼，眼眶周圍都染成了櫻花色。

『這是唯一讓我放心不下的事。』

『我會注意的。我會努力讓自己好起來。』

『要好好活下去。』

『好。』

『你只是承受著比別人多一點的重擔而已。只要努力前進，再遠的地方，你也可以去。』

對，妳說的對。

她突然搖晃了一下。她的指尖在我的手中感覺格外虛無縹緲。

她的右半身已經消失。

澪仍然很努力地對我說話。

『在你旁邊的感覺眞好——可以的話，我希望永遠在你身旁——』

『嗯。』

『我愛你。我好愛你。能做你的妻子太好了——』

『我也一樣，我也是——』

她莞爾一笑。

只有一半的微笑。

『謝謝你，老公——』

有朝一日，我們在他處相見……

只有聲音飄蕩在空無一物的半空。

我看著自己握緊的右手。只看到和她半邊身體十分相似的、櫻花色的霞光。一陣風吹來，霞光也隨風消逝了。

只留下她的味道。

就是『那種味道』。

那是她對我釋放的親密話語。

這個世界上獨一無二的話語。

『Mio，』她說：『是我的名字嗎？』

是啊。

這就是妳的名字。

這個世界上獨一無二的，我內心摯愛的愛妻的名字。

再見了，澪。

佑司喘著氣跑了過來。

『看！』

他高舉的手上握著一顆小小的鏈輪。

『是不是很厲害？我要給媽媽。媽媽在哪裡？』

我說不出話來，只能拚命地點頭，努力擠出僵硬的笑容，避免眼淚滑落我的臉龐。

『告訴我，媽媽在哪裡？』

看到我仍然不發一語，佑司又衝了出去。

『媽媽？妳在哪裡？

『妳看，我找到了大獎。我要給媽媽。

『媽媽，妳在哪裡？』

媽媽？

媽媽？

26

澪離開兩天後，雨季宣告結束。她似乎太急著踏上旅程。

兩個人的生活再度展開。

家裡的每個角落都留下了關於她的回憶，關於這個逗留了六週的女人的回憶。

『你呢？』她曾經問我：

『你幸福嗎？我有沒有帶給你幸福？』

每當這句話在我的腦海中甦醒，我就呼喚遠方星球上的她。

妳總是這麼問我，問妳有沒有爲我帶來幸福？妳可能不知道，有一個這麼關心丈夫的妻子就是幸福。

『你努力了，好厲害。』也是妳的口頭禪。

想到再也無法從妳的口中聽到這些話，心中就有無限的淒涼。只要有妳的鼓勵，我可以更努力。甚至可以搭火箭去冥王星。但如果我這麼告訴妳，妳一定會誇張地拚命眨著眼，用表情告訴我，不可以說謊。

我們兩個人很努力地生活著。佑司比以前更能幹，是個生活良伴，也長大了一點。

以前一直以雙手高舉的『萬歲』姿勢睡覺的他，最近開始趴著睡，一直維持敬禮的動作。他高舉右手的手肘，指尖放在太陽穴的位置。這樣的睡相看起來就很不舒服，但他卻保持這個姿勢呼呼大睡。不知道一整晚他在向誰敬禮？

每天早晨，他一起床就對著放在衣櫃上的照片說『早安』。就是在植物園拍的照片。澪和我並肩站著，佑司夾在中間。在紫薇的白色花朵襯托下，我們洋溢著滿臉的幸福，彷彿眼前看到的是一個沒有任何人知道的美麗新世界。然後，佑司會爲竹取公主的根部澆水，有時候也會幫我倒垃圾。

我們每天都換衣服；吃飯時遵守規矩，不會讓食物掉下來。曬衣服的時候，也沒有忘記要先拍一拍。

晚上，我會練字，然後繼續寫小說。睡覺前，我讀《火車頭大旅行》給佑司聽。週末時，我們去森林，在工廠的廢棄地撿螺栓。

我每天騎腳踏車去職場，像以往一樣，看著自己寫給自己的留言，完成一天的工作。永瀨小姐再也沒有做出奇怪的舉動。我學會了穿著適合當令季節的西裝，學會了每個月剪一次頭髮。所長一如往常地睡在自己的辦公桌前。

他越來越像大白熊犬了。

我們慢慢地，慢慢地漂向遠離『那一天』的地方。

但澪仍然和我們在一起。她就在我身旁，就在佑司的身旁。

當我在練字時，可以感受到她探頭看著我。我可以感受到她的味道，甚至可以聽到她的聲音。

『老公』。

我依稀聽到她的呼喚，每次都忍不住回頭。

晚上睡覺時，我可以感受到她在我身旁的體溫。我覺得脖子癢癢的，彷彿聽到她怕癢地笑著問：『最佳位置嗎？』

不久，聽到了秋天的聲音。

從蟲鳴，從隨著秋風搖擺的稻穗呢喃中，聽到了秋天的聲音。

竹取公主綻放出優雅的黃色花朵，散發出甜蜜的芳香。

『這是媽媽。』

佑司說：

『你聞，這是媽媽的味道。』

『對啊。』

她永遠都陪伴在我身旁。

27

一望無際的春天晴空下，我們騎著腳踏車前往車站。我們要搭兩個小時的電車，去位於海邊的城鎮拜訪頁碼老師。

這也是澪的心願，她始終牽掛著頁碼老師。

『他一個人會不會孤單？』

『他會不會覺得不方便？』

雖然她曾想過要獨自去探望頁碼老師，結果卻因爲老師的身體不佳而無法成行。

她在離開前，曾對我說『拜託你』。而且，我也很盼望見到老師，我有好多話要告訴他，澪的事、維尼的事，還有小說的事。

所以，我決定要去看老師。但就在我做出這個決定的那一刹那，脈搏就加速跳動了二十次。

太完美了。

出發前往冥王星的太空人的憂鬱。這就是我此刻的心情。

到達車站後，自動售票機首先讓我嚇了一大跳。在十年的空白中，自動售票機已經大大進化了，按鈕的數目增加了一倍，而且都使用了液晶表示，如果不按照麻煩的順序操作，就無法買到兒童票。機器吐出來的車票就像玩具車票一樣單薄，好像要把這張車票塞進自動剪票口的縫隙。

我從電視上看過自動剪票機，然而，當我實際站在剪票口前，卻不必要地緊張起來。自從上一次在某家飯店挑戰旋轉門之後，就不曾這麼緊張過。

但我還是完成了，這時，我已經消耗了相當的體力。

我對佑司說：

『我們要搭慢車。』

『特急快車比較快。』

『不，不能搭特急快車，要坐好久才會停車。』

『那會怎麼樣？』

『不會怎麼樣。但萬一有什麼狀況時，就會很傷腦筋。』

『會嗎？』

『會。』

搭慢車時，沿途要停四十個站。

前進、停車、哈……地發出像嘆息般的聲音，然後，再度『轟隆、轟隆』地發動起來，如此將重複四十次。

就像某個人的人生。

哈……

慢車終於來了，我們上了車。

我的雙腿忍不住顫抖起來，我用力抓住佑司的手。

『小巧，』佑司說。

『什麼事？』

『你手上流好多汗。』

我當然知道，是冷汗。

車門關了，慢車『轟隆』地一發動，我立刻聽到『啪』的聲音，是我熟悉的聲音，在我胸和胃附近響起。

我立刻拿出檀香的遮光瓶，用吸管滴了一滴在手帕上，然後蓋在嘴上。甜蜜的芳香立刻在鼻腔內擴散。閥門雖然已經彈開，但漏出來的化學物質控制在最小的限度。

我站在門邊，將注意力集中在窗外的風景上。

『坐下吧，車上沒什麼人。』

『不，站著比較好。』

『是嗎？』

『對。這樣比較容易分散注意力。』

『眞辛苦。』

『眞的很辛苦。』

我開始計算行駛在沿著鐵軌的道路上的車輛。反正，只要不去想自己在搭電車這件事就好了。

『1、2、3、4……』

『什麼什麼？』

『我在計算車子的數目。』

『好好玩，我也要加入。』

『好啊。』

沒錯，這是遊戲。不是爲了讓自己忘記正在搭車的手段，而是要讓自己覺得是在遊戲。但結果心裡就一直想著『這是遊戲』，這種的遊戲怎麼可能好玩。

不久，眼前出現一片延綿不斷的田園風景，完全看不到一輛車子。和車子的數量成反比，我體內釋放的化學物質迅速增加。我把手放在胸前計算脈搏。然後，用力深呼吸，慢慢地吐氣。

我噘著嘴，用嘴唇發出啵、啵、啵的聲音。

啵、啵、啵、啵、啵

『你在幹嘛？』

啵？

『對啊，這是幹嘛？』

『不斷地這樣啵、啵，可以讓心情平靜下來。』

『是嗎？』

『你也來試試？』

啵、啵、啵、啵、啵

啵、啵、啵、啵、啵

『欸，』佑司說：『大家都在看我們。』
『大家都覺得你太可愛了。』
『怎麼可能？』
『不可能嗎？』
『唱歌還比較好。』
『唱歌？』
『媽媽的歌。媽媽教我的歌。』
『對了！可以唱那首歌。』
『要不要一起唱？』
『好，一起唱。』
『但要小聲點，小巧的嗓門太大了。』
『我知道了。』

有一隻大象
在玩蜘蛛網
玩得眞開心呀
又找來一隻
大家一起玩

我靠著這些方法克服了這段路程。聞檀香的味道、計算車子的數目、發出啵、啵的聲音，然後和佑司一起唱歌。中途，我曾下車三次，讓自己的心情平靜下來。眼看著好幾輛電車從眼前開走，佑司沒有埋怨，默默地陪著我。

冥王星正如我預期的那麼遙遠。

哈……

養老院位在可以眺望大海的半山腰。六層樓的建築給人簡單而清潔的感覺。在櫃檯問了老師的房間，對方說在三樓最裡面那一間。我們爬樓梯上三樓。

『明明有電梯嘛。』

『對啊，但爸爸喜歡走樓梯。』

『爲什麼？』

『因爲誰知道電梯會把我帶到哪裡。』

『是嗎？』

『對啊。電梯既沒有窗戶，門也關得緊緊的，根本不知道電梯會開到哪裡去。可能會一下子把我們帶到火星上去。』

『是嗎？』

『對啊。電梯是最糟糕的交通工具。』

『你眞是怪胎。』

老師在房間。四人一間的房間內，他在靠窗的床鋪上坐著看書。其他人都不在房裡。
『老師。』
聽到我的聲音，老師抬起了頭。
『欸～』他發出像呻吟一般的聲音，然後用力點著頭。
『你們來啦。』
『我們來看你了。』
佑司說。
老師把書放在床頭櫃上，以臀部爲軸心轉過身體，將腿伸到地上。
『我們去屋頂吧。』
老師說：
『那裡的景觀很漂亮。』
老師慢慢地、小心地站了起來，拿起放在床旁的枴杖。
『走吧。』
老師走在我們前面，左腳一跛一跛的。
『多虧了復健，』老師轉過身來說：『才終於可以靠自己的腳走路。』
老師的氣色很好，聲音也很爽朗。
『你看起來好多了。』
『對啊。可見我之前的生活太糟糕了，現在的我比以前健康多了。』
『看起來是。』

老師和佑司搭電梯，我仍然堅持走樓梯。我一打開通往屋頂的大門，一整片的藍色佔據了我的視野。老師和佑司微笑地看著我。

『太慢了。』

『因爲我不想去火星。』

『怪胎。』

整個屋頂上都鋪滿了人工草皮，放了許多長椅。幾位老人和看起來像是家屬的人眺望著大海，靜靜地交談著。

『好美的風景。』

『我說得沒錯吧。』

『我已經多少年沒看到海了。佑司是第一次看海，對不對？』

『我沒看過眞的海。』

『對，這就是眞的海。』

『感覺好可怕。』

『沒錯，這就是眞的海厲害的地方。』

蔚藍的天空中飄浮著幾朵像魚鱗般的雲。雲就像是南飛的候鳥一樣，延伸向地平線的彼岸。涼涼的海風吹拂著佑司蜂蜜色的頭髮。

『澪姑娘走了嗎？』

我點了點頭，回答老師的問題。大致的情況我已經寫信告訴他了。

『我覺得一切好像過眼雲煙。』

『她隨著雨而來，又隨著雨而去……』
就像繡球花一樣。
老師喃喃地嘀咕著。
『但是，我又談了一次戀愛。』
嗯、嗯，老師點頭表示同意。
『雖然只有六週的戀愛，但我好幸福。』
老師抬頭看著高空中飄浮的鱗雲。
『秋穗先生。』
『嗯？』
『不知道這個世上有多少人，可以像你們這樣相遇？』
老師慢慢地將視線移了下來，笑著看著我說道。在他那雙淚眼的深處，淺色的瞳孔發出平靜的光芒。
『每次相遇，都會相互吸引，無論多少次，都會相互吸引。』
老師顫抖的手指指向地平線。
『就好像天空和大海永遠都連成一片，無論在哪裡，永遠永遠。』
我們每個人，都不斷地尋找著生命中唯一的真愛。
（有人在嗎？我在徵求戀愛對象。）
『你們彼此找到了對方。』
『好像是這麼回事。』

『就像大海一樣。』

『就像天空一樣？』

我們也把維尼的情況一五一十地告訴了老師。

牠喔，老師聽完後說：

『牠喜歡自由，不喜歡受到束縛的感覺。』

『牠會活下去嗎？』

『沒問題。牠很堅強，一定在某個地方過著自由自在的生活。』

唏—克？佑司說。

老師低下頭，一副『什麼意思？』的表情看著佑司。

唏—克？

佑司一臉得意地重複著。

『其實，』他說：『維尼會叫，就是這種聲音。』

唏—克？

佑司維妙維肖地模仿著維尼的叫聲，我甘拜下風。雖然是假聲，但好像是被人掐住脖子時發出的奇妙聲音。

『這種聲音嗎？』老師問。

『沒錯，牠叫了。』

『在離開老師的家時，維尼第一次發出這種聲音。』

老師說，他以前不知道。

『這傢伙還真是深藏不露，一直假裝不會叫。牠真厲害。』

『看不到老師，離開那個家，都讓牠好寂寞。』

『我也一樣。和牠分開，我也覺得好寂寞。』

但是，老師又繼續說道：

『我們都會活下去，無論遭遇多少次離別，無論被放逐到多遙遠的地方，我們都會活下去。』

變涼了，回房間去吧。

回到房間，老師從抽屜裡拿出一個白色的信封。

『給你的。』

我接了過來，翻到背面，看到上面寫著『秋穗澪』。

『澪姑娘在住院三天前，在公園交給我的。她說，一年以後，在雨季結束後交給你。』

老師坐在床上，把枴杖放好。

『我不知道她寫了些什麼，澪姑娘什麼都沒說。我一直惦記著這件事，現在交到你手上，我終於鬆了一口氣。』

我把信封翻來翻去仔細看個透，才放進外套胸前的口袋裡。

『謝謝你，一直幫我保存得那麼好。』

『就是嘛。我一直很不安，很擔心自己在把這封信交給你以前就去見閻羅王了。』

『怎麼會……』

『好了，好了。現在我總算完成任務了。』

『但是爲什麼？爲什麼要現在才交給我？』

『她的眼神好像早就知道了一切。她一定知道，現在才是讓你看這封信的最佳時機。』

『對喔。』

終於，到該回家的時間了，我們站了起來。

『我們改天再來。』

『好，很高興看到你們。如果你們還會再來，就會讓我對明天充滿期待。』

『這種心情，我能理解。』

我又再說了一遍我能理解，然後，將雙手在胸前揮了揮。

『我們走了。』

『我就不送了。』

『好。』

我們倒退著離開老師的床邊，走到房間的一半，便轉身走向門口。走出房間時，轉身一看，老師仍然緊緊注視著我們。

『拜拜。』

聽到佑司的聲音，老師慢慢地揮了揮顫抖的手。

『小巧，』她在叫我。

『小巧，你好嗎？你身體還好嗎？』

回家的電車上，我靠在車門附近的扶手上，看著澪的信。佑司正數著沿線馬路上的車輛。

＊

小巧，你好嗎？

你身體還好嗎？

我已經決定要在三天後住院，所以，想要趁自己還能自由活動時，寫下這封信。

現在，你正在上班。還有一小時左右，佑司就會從幼稚園回家。我準備寫完信以後，在去買晚餐材料的回家路上，把這封信寄放在頁碼老師那裡。

我會請他在一年後，在雨季結束的時候把這封信交給你。

我知道，那時候，我已經不在你的身旁。

我的幽靈已經回到阿格衣布星了嗎？

你有沒有很驚訝？

你不知道我有預知未來的能力吧？

騙你的。

我在開玩笑。

雖然我是個性認真的優等生，但我也會開玩笑。

我接下來要寫的事都是眞的。

或許，你會對這些眞相感到更加驚訝。但這是如假包換的眞相，是發生在我身上的眞實故事。

爲了讓你了解一切，我必須從我們二十歲的時候開始談起。

可以嗎？

你要好好看下去喲。

對，首先要說的是關於你的信。

回想起來，那是你寫給我的最後一封信。

你用黑色的原子筆寫在白紙上告訴我，因爲『不得已的原因』，無法繼續寫信，向我說『再見』。

只有短短的三行字。

我們的交往就這樣結束了嗎？

不得已的原因，到底是怎麼回事？

這封簡短的信，我看了一遍又一遍，每次，都令我淚流滿面。

我唯一能做的，就是繼續給你寫信。把已經衝到嘴邊的疑問硬生生地吞了下去，假裝沒有發現你的拒絕，繼續把無關痛癢的日常生活寫信告訴你。

這項工作多麼孤獨，簡直就像在呼喚遙遠的星星。

看到我寫這些，你一定會露出我在夢中看到的那種笑容，說聲『是這樣嗎？』當我看到你的笑臉，也會和你一起微笑。

我無法忍受這種痛苦，終於有一天，我去你打工的地方找你。

我鼓足了全身的勇氣。

然後，你又對我說。

你說，希望有朝一日可以再見面。然後，你又說，『比方在對方的婚禮上之類的。』

你還記得嗎？

當時，我覺得腳下的一切都瓦解了。

你是不是覺得，只要對我說這些冷淡的話，我就會離你而去？

但是，你什麼都不知道。

我比你想像的更死腦筋，做任何事都一板一眼的。一旦喜歡一個人，就不會輕易忘懷，也不會輕易就討厭對方。上天造就我一輩子只能談一場戀愛，所以，我只能靠日夜思念你度日。

一定有什麼原因。

這種想法，使我對你還抱著一絲的希望。

經過了一年的歲月，終於到了『命運的日子』。

那是六月的雨天。

我下班騎腳踏車回家的路上，在家裡附近的縣道上發生了車禍。情況不是很嚴重，但腳踏車被撞倒了，我摔了下來，但沒有發現外傷。

我立刻站了起來走了幾步，但我失去了意識。

我很難正確寫出我在那段時間前後的意識情況。所以，我只能寫下我在事後回顧那段往事時所推測的內容。

所以，接下來的場面是——

當我回過神來，我站在雨中，佇立在工廠的廢棄地上。

你能了解嗎？

這是我一直向你隱瞞的秘密。

我在二十一歲的夏天被車子撞到，一下子跳進了八年後的世界。

跳。

這是我最擅長的。

但是，我實在跳得太遠了。

對現在正在看信的你來說，只不過是前一段時間的事。

那時候，我常常說頭痛，就是因爲我被車撞倒時，撞到了頭。後來，醫生檢查發現，腦子裡有輕度的內出血。曾有一段時間，我認爲這也是造成我失憶的原因。

但是，現在我卻這麼認爲。

人的心理或許無法承受超越時空的壓力，所以會暫時失憶，使自己不至於瘋掉。想一想，如果我當時有記憶的話，我的腦子一定會一片混亂。

當我再度回到原來的世界時，我也失去了記憶。失去了和你、和佑司共同生活了六週的記憶。

直到兩個月後，我才找回所有的記憶。

如果說，是創造我們這個世界的『某個人』基於惡作劇讓我穿越時空，那麼，讓我失去記憶或許也是『某個人』的小小體貼吧。

現在，當我能夠回憶當初的事，並寫下來，也讓我深切感受到，這個世上的確存在著某種可以操控人類命運的『意志』。因爲，那六週改變了我之後的人生。

二十一歲的我，跳進那個時空、那個地方，絕對不是偶然。一定是因爲我在整整一年的時間內，都祈願可以了解你說那些話的原因，『某個人』覺得我太可憐了，才會向我伸出援手。

現在，我仍然這麼認爲。

但是，我所看到的你們，實在令人難以相信。

你和佑司生活在髒亂的房間內，穿著沾有食物污漬的衣服，兩個人的頭髮都亂得像稻草一樣。佑司還積了一年份的耳垢。

想到你們日後的生活情景，不禁令我擔心不已。

但是，沒有關係，你們一定可以重新站起來。即使我離開了，你們也可以齊心協力，好好好地生活下去。

我相信。

那一次，當你發作時，我受到了很大的打擊。現在雖然已經習慣了，但那次是我第一次看到你發作。我之前就叮嚀你不要服用那種退燒劑，但想必你是忘記了。難道是因為歷史無法改變，難道是因為那個約定？

我的這番告白，應該可以解釋為什麼我的眼鏡會度數不合，以及沒有性經驗的原因了吧？

但這件事實在太奇妙了。

二十一歲的我和二十九歲的你溫存纏綿，失去了處子之身。兩個月後，我又再度和你相擁。

雖然當時你認為我們彼此都為對方獻出了第一次，但其實事實並非如此。

所以囉，所以，當時我才會毫不遲疑地接受了你。

不知道你有何感想？

感覺自己被騙了？

但是，我認為這樣最理想。雖然你每次都說我的想法太務實。

六週的時間一轉眼就結束了。

我好幸福。

我和你談了戀愛，又聽你敘述了美妙的愛情故事，更令人高興的是，我就是這個愛情故事的主人翁。

我還遇見了佑司。

我的兒子。

我的英格蘭王子。

佑司上了小學後，感覺比現在更能幹了。

他眞的一天一天長大了。

他一定可以成爲優秀的大人。

我好期待。

然後，我知道了一個事實。

你的小說中寫到了我的命運。

我將在二十八歲時離開這個世界。

那麼，現在的我就是幽靈！

其實，這是你的誤會，但當時的我完全相信了。

我這才了解爲什麼我一直感覺到一種飄渺感和不眞實感，還有你們不自然的舉止，以及我在外出時多次感受到訝異的視線，這一切都有了答案——原來我是幽靈。

我深信不疑。

所以，在離別時，我眞的好痛苦。我眞的以爲我要去阿格衣布星了，離開你們，讓我覺得好難過。我也好害怕，害怕自己從這個世界消失。

我也忘不了佑司哭著對我說的話。

想到這個孩子將背負著這麼大的痛苦，我心如刀割。我希望，等他長大以後，請你告訴他我的想法，把我這封信的內容告訴他。我希望，他可以堅強地、抬頭挺胸地活下去。

我繼續寫下去。

和你們在那個地方告別後，我又回到了自己曾經生活的時代。

當我醒來時，我躺在醫院的病床上，距離發生車禍只有幾小時。我跳進了八年後的時空，然後，又回到原來的生活空間。我只離開了幾分之一秒那麼短暫的時間。

連肇事的駕駛也絲毫沒有感到任何不自然。

我失去了所有的記憶。

和你們共度六週的記憶也蕩然無存，我甚至不知道自己是誰，只是呆然地看著醫院的天花板，讓時光從身邊溜走。

終於，在車禍後一個月左右，我慢慢恢復了記憶。

剛開始，我還以爲那段記憶是我大腦擅自創造的幻想。

但是，這樣的幻想實在太美妙了。

我不可自拔地愛上了和你們共度的六週。

你的接吻。

森林中的散步。

那位美少年，我的兒子。
我們相擁時，我內心的激動。
最重要的是，所有的記憶都那麼眞實，用一種強大的力量訴諸我的感情。
那份喜悅是眞的嗎？
分離的不安、分離的感傷。當你說『我想要給妳幸福』時悲傷的眼神。
我在心中無數次回味那段日子，漸漸地，我相信這是眞實的。我漸漸相信，我跳進了八年後的生活，然後又回到了原來的生活。所以，當我出院後，等身體一復原，我就打電話去了你家。
當時，你母親告訴我：
『巧去旅遊了。』
就像你曾經告訴我的那樣。
這句話，使我的決心更加堅定。於是，我請你母親幫我留言。
『我有話要告訴你，請打電話給我。我會一直等你電話。』
之後，我一直坐在電話前，一動也不動。
你一定會打電話來。我們會在一個有湖的城鎮重逢。
然後，電話鈴就響了。
電話鈴只響了一聲，我就立刻接了起來。
雖然什麼都聽不到，但我知道電話的另一端就是你。

所以，我毫不猶豫地問：

『秋穗嗎？』

那時候，你的聲音充滿了不安。

所以，我才對你說：

沒關係，沒有關係。

在那個有湖的城鎮，在天橋底下，我又對你說『沒有關係』。

因爲我知道，這句話將使你下定決心和我結婚。

事後，當你問我時，我雖然回答說不記得了，其實，我在說謊，我記得一清二楚。

因爲，那句話正是我對你的告白。

往後的日子，我將和很多人重逢。

我又見到了頁碼老師。老師雖然和八年後沒有太大的變化，但維尼當時還年輕，也很健朗。在這次的重逢後，我才知道牠其實叫『艾力克』。

之後，佑司出生了，每一天的生活平淡而祥和。

這時候，那六週的時光一下子變得十分遙遠。

那段記憶漸漸模糊起來，有時候，我甚至又開始懷疑，那段記憶只是我的幻想。然而，當眼前的現實一一和記憶不謀而合時，我又覺得，我或許眞的見證過這些場景。

或許，我可以克服二十八歲的障礙，一直活下去。

其實，我曾經背著你，偷偷地吃了一些可以改變體質的中藥。

但是——

這一天還是來了。

我似乎無法逃避已經決定的命運。

我相信，你已經了解我爲什麼沒有告訴你這一切的原因了。

我不希望你知道，將有一個痛苦的未來等待著我們。我希望我們可以像一般的夫妻那樣，相信未來，微笑著度過每一天。

而且，我也無法確定，當你知道你告訴我的這些幸福的時光，全都是因爲那一天，你打給我的那通電話決定的，你會怎麼想？

你又會怎麼做？

或許，你會讓來自八年前世界的我，打消和你結婚的念頭；或許會編一套謊言，讓我在回到原來的世界後離你遠去。因爲，當我們在那個湖重逢的七年後，在我寫這封信的三星期後，我將離開這個星球。

即使我再怎麼極力否認，你或許仍然會認爲我和你結婚，才會讓我的人生畫上句點。或者，你會拒絕讓我生孩子。

我說得沒錯吧？

想到這裡，我的腦子一片混亂，完全找不出一點頭緒。因爲，如果你編了一套謊言，讓我放棄和你結婚的念頭，我現在就不可能坐在這裡寫信。但是，我又確實和你結了婚，生下了佑司。那麼，當你今天下班回家，我讓你看這封信的話，我們會變成怎樣呢？

我們會在那一剎那消失無蹤嗎？

然後，我們會擁有各自不同的人生，佑司就不會降臨在這個世界嗎？

一切顯得那麼不可思議，我無法找出答案。

所以，我還是決定帶著這個秘密離開人世。

因爲，我不希望我無法和你共度此生。

我不想要一個無法和佑司相見的人生。

萬一，那時候我沒有去那個有湖的城鎮，結果會怎麼樣？

我曾經無數次思考過這個問題。

那天，在前往湖泊的電車中，我曾經想過這樣的問題：

萬一我在某個車站下車折返，不去和你相見，我的人生會怎麼樣？

我會不會和另一個他結婚？

我會和他一直白頭偕老嗎？

或許，我會擁有另一份平靜、和諧，有另一份稱得上是幸福的生活。

但是，當我變成一個老婆婆時，我會後悔。

難道這就是我選擇的人生？

難道我放棄我最寶貴的東西，就是換得這樣的人生嗎？

在二十一歲的雨季，我看到了自己的未來。
我看到當我不在時，我的丈夫就像小孩子一樣一臉無助。
還有，我的英格蘭王子。
我永遠失去了應該和他們一起共度的時光。

我一定會後悔。
我很清楚這一點。
既然遇見了你們，
我就無法帶著這份回憶去過另一種人生。

我要和你結婚，生下佑司。
我要讓我和你的孩子降臨在這個世界。
然後，帶著這些幸福時光的回憶，笑著離開。
我下定了決心，所以沒有中途下車，奔向你的懷抱。

我很想繼續活下去。
想到即將降臨在我身上的命運，我就不寒而慄。
我很遺憾，我無法看到佑司的成長，變成一個優秀的男生。
但是，這是我選擇的人生。

所以——

啊，佑司快回來了。

我要去接他了。然後，我要去買菜，為你們做晚餐。今天要做佑司最喜歡吃的咖哩飯。

雖然，我希望可以做更多更好吃的東西給你們吃，但是，我能為你們做晚餐的機會所剩不多了。

對不起。

我對此無能為力。

好了，要向你道別了。

對你的深情永遠都寫不完。

和你共度的十四年的時光很快樂。即使我們無法外出旅行，即使我們無法站在高樓大廈上欣賞夜景，只要有你陪伴，就充滿幸福。

我先走一步，先去阿格衣布星報到了。

有朝一日，我們會在那裡相見。

我會在我的身旁，為你預留位置。

你要注意身體。

請你好好照顧佑司。

眞的感謝你。
我愛你。
發自內心地愛你。

改日相見。

澪

*

信封上，貼著從日記簿上撕下來的一頁。
日期寫著八月十五日。

時間到了。
我要走了。
在湖泊城鎮的車站，那個人一定在等我。
帶著美好的未來在等我。
等等我，我的兒子們。

現在，我就去和你們相見。

尾聲

今天，我們又前往森林。
騎在腳踏車上的佑司，身上穿著白得閃亮的襯衫。
頭髮剪得很整齊，隨風飄動著。

澪，我們很努力地生活。
努力按照妳的期待生活。
慢慢地，
慢慢地。
波可　波可

妳留下的生命正茁壯成長。
也對妳充滿了眷戀。
在這部小說即將接近尾聲之際，我要寫下這段插曲。
我花四十分鐘在森林中慢跑。
我穿著褪色的短褲和印著『ＫＳＣ』的Ｔ恤。

佑司騎著兒童腳踏車，跟在我的身後。

他已經不會趕不上我了，就好像天生騎腳踏車高手一樣操控自如。

然後，我們穿過森林，來到工廠的廢棄地。

他在那裡撿螺栓、螺母和鉚釘。

我坐在距離他有一點距離的地方打瞌睡。

但是，我知道。

佑司的褲子口袋裡藏著寫給妳的信，寫給已經去了阿格衣布星的妳。

他用歪七扭八的字（很遺憾，這一點竟然像我）寫著『阿格布衣星 Aio Mio㉜親啓』。信封的背面寫著『Aio Yuji』㉝。

他把信偷偷投進支柱彎曲的#5信箱裡（他好像把信箱和郵筒搞錯了）。不知道爲什麼，他一直瞞著我。所以，當他埋頭撿螺栓時，我就會趁他不備，把信拿走。

我從來沒有打開信封看他到底寫些什麼。只是拿回來，放回那個鞋盒裡。

下一次，當佑司確認信箱中的信不見時，他就會輕輕點頭（雖然我在裝睡，卻沒有錯過他的表情）。

佑司用這種方式和遙在阿格衣布星的妳交談。

下雨的週末，佑司總想要去工廠的廢棄地。無奈之下，我們只能撐著傘去。

我把塑膠布鋪在殘留的工廠基台上坐著。佑司裝作在撿螺栓，慢慢地靠近#5的門。

然後，輕輕呼喚妳。

媽媽？

佑司相信，總有一天，妳會穿過那道#5的門，回到我們身邊。

那一定是個下雨天。

今天，英格蘭王子依舊撐著黃色的雨傘，在這裡輕輕呼喚著妳。

媽媽？

媽媽？

媽媽？

譯註32 秋穗澪的羅馬拼音。

譯註33 秋穗佑司的羅馬拼音。

國家圖書館出版品預行編目資料

現在，很想見你/市川拓司著；王蘊潔譯.
-- 初版. -- 臺北市：平裝本, 2005[民94]
面；公分. --(平裝本叢書；第179種)
(@小說；2)
譯自：いま、会いにゆきます
ISBN 978-957-803-518-8（平裝）

861.57　　　　　94002674

平裝本叢書第179種
@小說 02

現在，很想見你

作　　者—市川拓司
譯　　者—王蘊潔
發 行 人—平雲
出版發行—平裝本出版有限公司
台北市敦化北路120巷50號
電話◎02-27168888
郵撥帳號◎18999606號
皇冠出版社(香港)有限公司
香港上環文咸東街50號寶恒商業中心
23樓2301-3室
電話◎2529-1778　傳真◎2527-0904
總 編 輯—龔橞甄
美術設計—王瓊瑤
印　　務—林佳燕
校　　對—鮑秀珍・邱薇靜・蔡曉玲
著作完成日期—2003年
初版一刷日期—2005年3月
初版二十一刷日期—2018年4月
法律顧問—王惠光律師

讀者服務傳真專線◎02-27150507
電腦編號◎435002
ISBN◎978-957-803-518-8
Printed in Taiwan
本書定價◎新台幣250元/港幣83元